双葉文庫

はぐれ長屋の用心棒

源九郎仇討ち始末

鳥羽亮

目次

源九郎仇討ち始末　はぐれ長屋の用心棒

第一章　姉弟《きょうだい》

一

菅井紋太夫《すがいもんだゆう》が、声をかけた。菅井は膝先に置いた将棋盤を睨《にら》むように見つめている。

「待て！」

「待てぬな」

華町源九郎《はなまちげんくろう》は涼しい顔をして、膝の脇に置いてあった飯櫃《めしびつ》のなかから握りめしを取り出して食べ始めた。

王手飛車とりの妙手だった。ここで、飛車をとれば、形勢は大きく源九郎にかたむくだろう。

ふたりがいるのは、本所相生町《ほんじょあいおいちょう》にある伝兵衛店《でんべえだな》だった。ふたりは、長屋の源九郎の部屋で朝から将棋を指していたのだ。

菅井は無類の将棋好きだった。ただ、腕の方はそれほどでもない。下手の横好きといってもいいだろう。

今日は朝から雨だったので、菅井はいつものように握りめしの入った飯櫃と将棋盤を持って、源九郎の部屋にやってきたのだ。

菅井は五十二歳。牢人で、伝兵衛店で独り暮らしをしている。ふだんは、両国広小路《りょうごくひろこうじ》で居合抜きを観せて銭を貰っていた。大道芸人である。ところが、雨の日は大道芸の見世物に出られない。それで、雨が降ると、菅井と同じように独りで牢人暮らしをしている源九郎の家にやってくるのだ。

菅井は大道芸で暮らしをたてていたが、居合の腕は本物で、田宮流《たみやりゅう》居合の達人だった。その達人が、大道芸で口を糊《のり》しているのだから、剣の道から挫折したはぐれ者といっていい。

「どうあっても、待てぬか」

菅井が将棋盤を見すえたまま言った。

「待てん」

源九郎は涼しい顔をして、手にした握りめしを頬張っている。

源九郎は還暦にちかい老齢だった。菅井と同じように長屋で独り暮らしをしている。そのせいか、身装《みなり》には構わず、ひどくうらぶれた格好だった。着ている小袖には大きな継ぎ当てがあり、襟は垢《あか》で黒光りしていた。おまけに、座敷で胡座《あぐら》をかいた股の間から、薄汚れた褌《ふんどし》が覗いている。

源九郎は丸顔ですこし垂れ目、茫洋とした風貌だった。華町という名に反して、ひどくみすぼらしい姿である。

源九郎の生業《なりわい》は傘張りだったが、その稼ぎだけでは暮らしていけない。ときおり、華町家から合力があったのだ。

華町家は、五十石の御家人だった。家は嫡男の俊之介《しゅんのすけ》が継いでいた。嫁の君枝《きみえ》との間には、新太郎《しんたろう》と八重《やえ》というふたりの子がいる。

源九郎が家を出たのは、まだ八重が生まれる前だったが、俊之介たち家族に気兼ねしながら暮らすのが嫌で、長屋で独り暮らしを始めたのだ。

「ならば、この手だ」

菅井は王を逃がした。

長考したわりには、単純な手だった。ただ、王を引いて逃がしただけである。

「では、飛車をいただくか」

源九郎は、薄笑いを浮かべながら金で飛車をとった。当然である。将棋を習い始めたばかりの子供でも、飛車をとるだろう。

「やはり、飛車をとったか」

菅井は、口をへの字に結んで渋い顔をした。

「さて、どうする」

源九郎は、あと五、六手で詰むのではないかと思った。

「うむ……」

菅井は、しばらく将棋盤を睨んでいたが、

「もう一局だ！」

声を上げざま、両手で盤の上の駒を掻《か》き交ぜてしまった。

「まだ、やるのか」

源九郎は、握りめしを食べ終えたし、雨も上がっていたので、将棋をやめようと思っていた。それに、まだ昼前である。菅井も、今から両国広小路に出かければ、居合抜の見世物もできるはずだ。

「今日は、夕飯までやる」

そう言って、菅井は駒を並べ始めた。

「もう一局だけだぞ」

源九郎も、仕方なく駒を並べ始めた。握りめしを食べた手前もあり、勝手にやめられなかったのだ。

そのとき、戸口に近寄ってくる下駄の音がした。ガッガッと走ってくる。ひどく、慌てているようだ。

下駄の音は、戸口の腰高障子の向こうでとまり、

「華町の旦那、いやすか」

と、茂次《しげじ》の声がした。

茂次も、伝兵衛店の住人だった。生業は研師《とぎし》である。研師といっても、長屋や路地をまわり、包丁、鋏《はさみ》、剃刀《かみそり》などを研《と》いだり、鋸《のこぎり》の目立てなどをして暮らしていた。菅井と同じように雨の日は仕事に出られず、長屋にいることが多かった。

茂次は名のある研師に弟子入りしたのだが、師匠と喧嘩して飛び出し、いまは侘《わび》しい長屋暮らしだった。源九郎や菅井と同じはぐれ者である。

「いるぞ」

源九郎が声をかけた。

すぐに腰高障子があいて、茂次が土間に飛び込んできた。ひどく慌てている。

「菅井の旦那も、いたんですかい」

茂次が菅井に目をやって言った。

「茂次、どうしたのだ」

源九郎が声を大きくして訊《き》いた。

「路地木戸の前で、斬り合っていやす！」

茂次が身を乗り出して言った。長屋に出入りする路地木戸らしい。

「だれが、斬り合っているのだ」

「若い娘と弟らしいが、だれか分からねえ。ふたりは、三人の二本差しに取り囲まれてるんでさァ」

「長屋の娘か」

「長屋の者じゃァねえ。武家の娘のようで」

「菅井、行くぞ」

源九郎は、腰を上げた。娘たちのことも気になったが、将棋をやめるいい機会だと思ったのだ。

「華町、将棋はどうするんだ」

菅井が渋い顔をして訊いた。

「後だ！　若い娘と弟の命が、かかっているのだぞ」

源九郎は、念のため座敷の隅に置いてあった刀を手にした。

「仕方がない。おれも、行くか」

菅井は渋い顔をして立ち上がった。

二

路地木戸のところに、人だかりができていた。長屋の住人たちである。女子供と年寄りが多かった。亭主たちの多くは、仕事で出ているのだ。

「華町の旦那だよ！」「菅井の旦那も、いっしょだぞ」などという声が、あちこちで聞こえ、人だかりが割れて、源九郎と菅井を通してくれた。いっしょに来た茂次は、人だかりのなかにいる。

源九郎が路地木戸から出ると、若い娘と十三、四と思われる男の姿が見えた。男はすでに、元服を終えているらしい。姉弟《きようだい》であろうか。そのふたりを取り囲むように、三人の武士が立っていた。三人とも、切っ先を娘と男にむけている。

源九郎は、姉弟らしいふたりにも、三人の武士にも見覚えがなかった。

若い娘は懐剣を手にしていた。右袖が裂け、かすかに血の色があった。取り囲んでいる武士に、斬られたらしい。男は、刀を手にしている。その刀が揺れていた。まだ、自在に遣えないらしい。

源九郎と菅井が、姉弟と思われるふたりに近付こうとしたとき、孫六《まごろく》が小走りに近付いてきた。孫六も長屋の住人である。

「旦那、ふたりを助けてやってくだせえ。このままじゃァ、ふたりとも殺されちまう」

孫六が声高に言った。

孫六は還暦を過ぎた老齢だった。長屋に来る前は、番場町《ばんばちょう》の親分と呼ばれた腕利きの岡っ引きだったが、十年ほど前に中風をわずらい、すこし足が不自由になって引退した。いまは、長屋に住む娘夫婦の世話になっている。

「事情は知らぬが、斬り合いをやめさせよう」

源九郎が菅井に目をむけて言うと、

「そうだな」

菅井がうなずいた。

源九郎と菅井が、娘と男に近付き、

「ここは、長屋の出入り口だ。事情は知らぬが、双方とも刀を引け」

と、源九郎が声高に言った。

すると、娘がすこし身を引いて、源九郎に顔をむけた。そのとき、ふたりの目が合った。

……千代《ちよ》と似ている！

源九郎は、ドキリとした。娘は源九郎の亡妻の千代の若いときと、そっくりだった。

千代は、源九郎が中年の頃に亡くなった。その後、源九郎は千代と似た女と出会ったことがあったが、いま目の前にしている若い娘ほどそっくりではなかった。それに、以前出会った女は三十がらみで、六つになる子供を連れていたのだ。（既刊、『老剣客躍る』）

源九郎が若い娘に見惚《みと》れていると、

「華町どうした、腹でも痛いのか」

と、菅井が源九郎の顔を覗き込んで訊いた。

「い、いや、ちょっと立ち眩《くら》みが……」

立ち眩みではなかったが、若い娘を見て、目が眩んだのは確かである。

「爺さん、引っ込んでろ。怪我をするぞ」

娘の脇にまわり込んでいた武士が、薄笑いを浮かべて言った。三十がらみであろうか。眉の濃い、眼光の鋭い男だった。大柄で、どっしりと腰が据わっている。遣い手とみていいようだ。

「おぬしらこそ、刀を引け！　若いふたりを三人もで取り囲んで、斬ろうとするとはな。それでも、武士か」

源九郎が、刀の柄に手をかけて言った。すると、菅井も刀の柄に右手を添え、居合の抜刀体勢をとった。

「おれたちと、やる気なのか」

大柄な武士が、驚いたような顔をして訊いた。

「おぬしらが、刀を引かなければな」

そう言って、源九郎が刀を抜いた。

これを見た長屋の住人たちの間から、「華町の旦那、負けないで！」「菅井の旦那、あっしらがついてますぜ」などという声が上がった。子供たちまで、喚声を上げている。なかには、足元に転がっている小石を摑《つか》み、投げ付けようとして身構えている者もいた。

「煩《うるさ》いやつらだ」

もうひとり、少年に刀をむけていた痩身の武士が顔をしかめて言った。

すると、大柄な武士が、娘から身を引き、

「今日のところは見逃してやる」

と言い、「引け！」と他のふたりに声をかけた。

すると、他のふたりも娘と少年から身を引き、刀を鞘に納めると、大柄な武士につづいてその場から走りだした。

これを見た長屋の住人たちから歓声があがり、逃げる三人には罵声《ばせい》が浴びせられた。

源九郎は、手にした刀を鞘に納めた。娘は手にした懐剣を鞘に納め、足早に近付いてきた。そして、源九郎の顔を凝《じっ》と見つめた。娘は思い詰めたような顔をしている。

……ち、千代！

思わず、源九郎は声をかけそうになった。源九郎を見つめた娘の目も、千代とそっくりだったのだ。

「華町さまですか」

娘が訊いた。

「そ、そうだ」

源九郎が声を震わせて言った。

脇に立っている菅井は、源九郎と娘の顔を交互に見て、首を捻《ひね》った。ふたりには、何かかかわりがある、と思ったようだ。

菅井だけではない。そばに立っていた孫六も、驚いたような顔をして、娘と源九郎を見つめている。

「華町さまを訪ねて来たのです」

娘が言った。

「わしを訪ねて来たのか」

源九郎は、また胸がどきりとした。

「はい。父に言われていたのです。何かあったら、華町さまを、お訪ねするようにと」

「じ、事情は、長屋で聞く」

源九郎が、声をつまらせて言った。菅井と孫六だけでなく長屋の住人たちの目が、自分にむけられているのを見て、ここで立ち話をするわけにはいかないと思ったのだ。それに、娘の右腕の怪我の手当てもせねばならない。

三

源九郎は長屋の家の座敷に落ち着くと、娘と弟と思われる男の名を訊いた。

「きくでございます」

娘が名乗り、つづいて、男が恭之助《きようのすけ》と口にした。ふたりはやはり姉弟だという。

きくは名乗った後、「華町さまに、お願いがあって来たのです」と改めて切り出した。

「傷の手当てが、先だな」

源九郎は、きくの右腕を見て言った。右袖が裂け、血の色があった。わずかだが、まだ出血しているらしい。

座敷には、菅井と孫六が座っていた。土間には、お熊《くま》やおまつなど長屋に住む女房連中も来ていて、座敷にいる源九郎たちに目をやっている。

源九郎は、きくに身を寄せ、右袖をたくしあげた。色白の二の腕が鮮血に染まっている。

源九郎は、ドキリとした。血に染まった白い肌には、老いた源九郎の欲情をもそそるものがあった。

源九郎は胸の動悸《どうき》を抑え、

「たいした傷ではないが、傷口が膿《う》むとやっかいだからな」

と、何気ない顔をして言った。

そして、土間にいるお熊たちに、「長屋をまわって、新しい晒《さらし》を見つけてきてくれ」と頼んだ。晒で、傷口を巻いておこうと思ったのだ。

お熊が言った。

「晒を見つけてくるよ」

お熊は四十代半ばだった。助造《すけぞう》という日傭《ひよう》取りの女房である。子供はなく、夫婦で源九郎の家の斜向《はすむ》かいに住んでいた。お熊は樽のように太り、色気などまったくなかったが、心根はやさしく面倒見がよかった。それで、長屋の住人には、好かれていた。独り者の源九郎にも何かと気を使い、残りものの飯や菜などを持ってきてくれる。

お熊たち女房連中は、すぐに土間から出ていった。こういうときに、長屋の住人たちは、頼りになる。嫌な顔をせずに、長屋をまわってくれるのだ。

いっときすると、お熊たちは新しい晒を見つけてきてくれた。

源九郎は菅井にも手伝ってもらって、まだ、出血しているきくの右腕に晒を巻き終えると、

「こうしておけば、すぐに血がとまるからな」

そう言って、右袖を下ろしてやった。

「ありがとうございます」

きくは、座敷にいる源九郎たちだけでなく、土間にいる女房連中にも頭を下げた。

「ところで、きくどのの父上は何という名かな」

源九郎が、ひどく優しい物言いで訊いた。先程、きくが、父に言われてきたと口にしたからである。

きくは、土間にいる女房連中に目をやり、戸惑うような顔をした。長屋の女房連中にまで話していいものか、迷ったらしい。

「お熊、内密な話らしいのだ。悪いが、近くにいる者にも話して、戸口から離れてくれんか」

源九郎が言った。

お熊は、不服そうな顔をしたが、

「そうするよ」

と言って、土間にいた女房連中といっしょに外に出た。そして、外にいた者たちにも話して、その場から離れていった。茂次も、自分の家にもどったらしく、戸口近くに姿がなかった。

座敷には、菅井と孫六が残っていたが、

「父の名は」

源九郎が、声をあらためて訊いた。

「華町さまと、士学館《しがくかん》でいっしょだった安川錬次郎《やすかわれんじろう》です」

「すると、きくどのは安川どのの娘御か」

源九郎は驚いた。安川をよく知っていたのだ。

源九郎は十一歳のとき、桃井春蔵《もものいしゅんぞう》の鏡新明智流《きょうしんめいちりゅう》の道場、士学館に入門して稽古に励んだのだ。士学館は、千葉周作《ちばしゅうさく》の玄武館《げんぶかん》、斎藤弥九郎《さいとうやくろう》の練兵館《れんぺいかん》とともに江戸三大道場と謳《うた》われた名門である。

源九郎が士学館に入門したのと同じころ、安川も門弟となり、ふたりは競い合うように稽古《けいこ》に励んだ。

ところが、源九郎が二十五歳のとき、父親が病に倒れ、家を継いだこともあって士学館をやめた。一方、安川は門弟として士学館で稽古をつづけていた。源九郎は士学館をやめた後、安川と会う機会もなく、どこで何をしているのかも知らなかった。

それに、目の前にいる姉弟は若い。安川は、歳をとってから妻《めと》を娶ったらしい。

「それで、安川どのはどうされているのだ」

源九郎が身を乗り出すようにして訊いた。

「な、亡くなりました」

きくが、声をつまらせて言った。脇に座していた恭之助も、無念そうな顔をして虚空を睨むように見すえている。

「病かな」

源九郎が訊いた。

「斬られたのです」

きくが、源九郎に顔をむけて言った。その目に、強い怒りの色があった。

「斬られたと！」

「は、はい、父の無念を晴らすため、華町さまを訪ねて来たのです」

きくが言うと、恭之助が、

「姉上とふたりで、父の敵《かたき》を討ちます」

と、強い口調で言った。

「詳しく話してくれ」

きくは父の無念を晴らすために源九郎を訪ねて来たと口にしたが、源九郎は安川が何者にどんな理由で斬られたのか知らなかった。

「父は、生前、屋敷内で近所の者を集めて、剣術の指南をしておりました。稽古が終わり、門弟たちが帰ると、父はわたしと恭之助に、華町さまのことをよく話していました。そのおり、父は自分に何かあって、剣術の稽古がつづけられなくなったら、華町さまを訪ねるよう話したのです」

「さきほど、安川どのは、斬られたと言ったな」

「は、はい。屋敷を出たところで、何者かに襲われ……」

きくが、涙声で言った。

安川は御家人で、屋敷は御徒町《おかちまち》にあるはずだった。

「闇討ちか」

「は、はい」

きくによると、安川は屋敷を出たところで、ふたりの武士に襲われて斬られたという。

「そうか」

さぞかし、安川は無念だっただろう、と源九郎は思った。

「ところで、路地木戸のところで、きくどのたちを襲った三人の武士は」

源九郎が訊いた。

「何者か分かりませんが、三人は父を斬った者とかかわりがあると思います」

「うむ……」

源九郎が顔を厳しくした。

座敷にいた菅井と孫六は、口を挟まず、源九郎ときくのやり取りを聞いている。源九郎ときくのやり取りがとぎれると、座敷は重苦しい沈黙につつまれた。

四

「きくどの、敵のふたりは何者か、分かっているのか」

源九郎が、声をあらためて訊いた。

「父は、今わの際《きわ》で、高野《たかの》道場の名を口にしただけです」

きくが言った。

「きくどのは、高野道場を知っているのか」

源九郎は、道場の名は聞いたことがあるような気がしたが、道場主のことも道場がどこにあるかも知らなかった。

「高野道場は平永町《ひらながちょう》にあり、道場主は高野藤三郎《とうざぶろう》です」

きくによると、高野道場に行き、通りかかった門弟にそれとなく、父親を殺した者のことを訊いたが、まったく分からなかったという。

神田平永町は、神田川沿いにある柳原《やなぎはら》通り沿いにひろがっている。一丁目から三丁目まであるひろい町だった。

「大きな道場か」

源九郎が訊いた。

「いえ、ちいさな道場です」

きくが、古い道場で門弟たちもすくないと言い添えた。

「安川どのを襲ったふたりは、高野道場とかかわりがありそうだな」

「わたしも、そうみております」

きくが言うと、恭之助がうなずいた。

源九郎はいっとき虚空に目をやり、黙考していたが、

「きくどの、見たとおり、わしは長屋で牢人暮らしだが、わしにできることがあれば、やるつもりだ」

と、小声で言った。

きくは源九郎を見つめ、

「華町さま、わたしと恭之助に剣術の指南をしてください」

と、言い、両手を畳について深々と頭を下げた。恭之助も、きくといっしょに頭を下げている。

「わ、わしは、剣術の指南などできないぞ」

源九郎が声をつまらせて言った。

「父から、華町さまは鏡新明智流の達人と聞いております」

きくが、源九郎を見つめて言った。

源九郎はきくに見つめられ、「見たとおりの年寄りだから、無理だ」と口から出かかった言葉を呑んだ。なぜか、きくの前では、年寄りという言葉を使いたく

なかったのだ。

「だが、稽古の場所がないからな」

源九郎が小声で言った。

すると、源九郎の脇に座していた菅井が、

「華町、場所ならあるぞ。長屋の脇にある空き地を使えばいい」

と、口を挟んだ。

源九郎は、胸の内で、「菅井のやつ、余計なことを言いおって」とつぶやいたが、口には出さず、

「空き地なら、稽古ができるかもしれんな」

と、笑みを浮かべて言った。

きくは、源九郎と菅井に頭を下げた後、

「御徒町は遠いので、通いでは十分な稽古はできないような気がします。それに、途中、また襲われるかもしれません」

と、戸惑うような顔をして言った。

すると、孫六が、

「ふたりとも、長屋に住めばいい」

と、声高に言った。

「しかし、ここは……」

いくら何でも、きくたち姉弟といっしょに同じ家で暮らすわけにはいかない、と源九郎の口から出かかったが、咄嗟《とっさ》に言葉を呑んだ。孫六は、源九郎の家にいっしょに住むとは言わなかったのだ。

「長屋に空《あ》いている家は、あるでしょうか」

きくが、源九郎より先に言った。

「ありやすぜ。泉吉《せんきち》ってえ大工が越しやしてね。その家が、空いたままになってまさァ。あっしが、大家に話しやしょうか」

孫六が口早に言った。

孫六の言うとおり、半月ほど前、泉吉一家が越したので、家が空いていた。大家の伝兵衛に話せば、泉吉の家族が住んでいた家を借りることができるだろう。

「孫六、大家に話してくれるか」

源九郎が言った。

「承知しやした。後は、あっしにまかせてくだせえ」

孫六が、胸を張った。

それから、座敷にいた四人で引っ越しの手筈を相談した。話が済むと、きくが源九郎たち三人に膝をむけて座り直し、

「この長屋にくる前、華町さまたちが、どのようなお仕事をなされてきたか、お聞きしました」

そう言うと、きくは懐から折り畳んだ紙を取り出し、

「ここに十両ございます。これだけでは、足りないかもしれませんが、これ以上、都合できませんでした。どうか、これで、わたしたちをお助けください」

と言って、助勢を請うた。

源九郎たちは、無頼牢人に脅された商家の用心棒に雇われたり、勾引《かどわ》かされた娘を助け出して親から礼金をもらったりして、人助けと用心棒を兼ねたような仕事で金を得てきたのだ。そんな源九郎たちを、はぐれ長屋の用心棒などと呼ぶ者がいた。伝兵衛店には、牢人、日傭取り、大道芸人など、その道から挫折したはぐれ者が多く住んでいて、近隣の住人たちの間では、はぐれ長屋と呼ばれていたからだ。

「い、いや、きくどのたちのためだったら、金など……」

源九郎は言いかけた言葉を途中で呑んだ。源九郎は、きくどのたちのためなら

金などいらない、と言いたかったが、座敷にいる菅井や孫六はちがうはずだ。

「華町さま、どうか、御助勢を」

きくがあらためて頭を下げて言うと、

「父の敵を討ちたいのです」

恭之助が、額を畳につけるほど深く下げて訴えた。

「しょ、承知した。ふたりのために、わしらはできるだけのことをする」

源九郎は、折り畳んだ紙を手にした。小判が十枚入っているらしい。

五

源九郎はきくと恭之助を連れ、大家の伝兵衛の住む家にむかった。長屋の空いている家に、きくたちが住めるように話をするためである。すでに、孫六が話してくれていたが、武家の姉弟が住むという話を伝兵衛は信用してくれなかったようだ。

伝兵衛の家は、長屋の近くにあった。板塀をめぐらせた借家である。伝兵衛店の土地も、深川海辺大工町《ふかがわうみべだいくちょう》にある三崎屋東五郎《みさきやとうごろう》が持っていた。伝兵衛は東五郎の依頼で大家をやっていたのだ。

源九郎たち三人が伝兵衛の家を訪ねると、伝兵衛がきくと恭之助を見つめ、

「この方たちは」

と、驚いたような顔をして訊いた。

伝兵衛は五十後半だった。面長で頤《おとがい》が張っている。鬢《びん》や髷《まげ》に白髪が目立ち、歳より老《ふ》けた感じがした。

「孫六から話を聞いたと思うが、ふたりは理由《ゆえ》あって、長屋を借りたいそうだ。泉吉たちが住んでいた家が空いているな」

源九郎が言った。

「ともかく、上がってくだされ」

伝兵衛は、源九郎たち三人を座敷に上げた。

源九郎の話し声を聞いたらしく、奥から伝兵衛の女房のお徳《とく》が顔を出した。お徳は丸顔で皺《しわ》が多く、梅干しのような顔をしていた。

「お徳、お茶を淹《い》れてくれんか」

伝兵衛が、声をかけた。

お徳は、源九郎たちに頭を下げると、すぐに家の奥の台所にむかった。茶を淹れにいったらしい。

「ふたりは、わしの知り合いでな。故あって屋敷を出て暮らすことになったのだが、住む家がない。それで、長屋に住まわせてもらえないか、頼みにきたのだ」

源九郎が言うと、脇に座っていたきくが、

「空いている家があったら、お願いします」

と、心細そうな顔をして言った。脇に座していた恭之助まで、心配そうな表情を浮かべている。

「わしが、ふたりの請人《うけにん》になってもいい」

源九郎が言い添えた。

「華町さまのおっしゃるとおり、泉吉さんが住んでいた家なら空いてますが」

伝兵衛が、身を乗り出すようにして言った。大家にすれば、空き家にしておくより、だれかに住んでもらった方がいいのだ。

「泉吉の家でいい」

源九郎が言った。

伝兵衛はすぐに承知し、

「長屋に、お武家さまが何人も住むようになるわけです。町内でも、評判のいい長屋になりますよ」

と、満面に笑みを浮かべて言った。

それから、いっときすると、お徳が湯飲みを盆に載せて入ってきた。

伝兵衛は茶を喫しながら、きくと恭之助にそれとなく長屋に住む理由を訊いたが、源九郎が適当に答えておいた。仇討ちのことまで、話す気はなかったのだ。

「さっそく、泉吉の家に引っ越そう」

源九郎がそう言って、腰を上げた。

きくと恭之助も立ち上がり、源九郎につづいて伝兵衛の家を出た。

源九郎は長屋にもどると、井戸端にいたお熊とおまつにきくたちが泉吉の住んでいた家を借りることになったのを話した。これから、お熊たちの世話になることがあると思ったからだ。

「あの家は、掃除しないとね」

お熊が、長屋の女房たちに手伝ってもらって、家の掃除をすると話すと、おまつもその気になった。

「すまんな」

源九郎が、お熊とおまつに言った。こうしたことは、長屋の女房たちが頼りになる。

お熊たちは水を汲んだ手桶を持って、すぐに井戸端を離れた。これから、長屋の女房連中に話して、泉吉の住んでいた家の掃除をしてくれるようだ。

きくが、源九郎の家にもどりながら、

「みんな、いいひとたちですね」

と、涙声で言った。武士の家で育ったきくと恭之助は、長屋の住人たちの人情や暮らしぶりに、心を打たれたようだ。

源九郎たちが家にもどると、菅井と孫六、それに平太《へいた》の姿があった。三人は源九郎たちがもどるのを待っていたらしい。

平太も、源九郎の仲間のひとりだった。まだ、十五、六の若者で、母親のおしずとふたりで、はぐれ長屋に住んでいる。足が速いことで知られ、仲間たちからすっとび平太と呼ばれている。

平太は鳶《とび》だったが、栄造《えいぞう》という岡っ引きの手先でもあった。ただ、若いせいもあって、栄造が平太を事件の探索に使うことはすくなかった。平太を栄造に世話したのは、長屋に住む孫六である。孫六は長屋に越してくる前、岡っ引きだったので、栄造のことをよく知っていたのだ。

「華町の旦那、泉吉の家はどうなりやした」

孫六が訊いた。

「借りられることになった。いまな、井戸端でお熊たちに会ったのだ。長屋の女房連中で、家の掃除をしてくれるらしい」

源九郎が土間に立ったまま言った。

「あっしらも、手伝いやす」

そう言って、平太が立ち上がると、孫六も立った。菅井だけは、腰を下ろしたままである。

菅井は平太と孫六が家から出ると、

「華町、おれたちは剣術の稽古をする場所を見に行かないか」

そう言って、傍らに置いてあった刀を手にして立ち上がった。

「そうだな」

源九郎と菅井は、きくと恭之助を連れ、長屋の北側の棟の脇へむかった。はぐれ長屋は南北に四棟並んでいたが、北側の棟の脇に空き地があったのだ。

空き地の周囲は雑草で覆われていたが、なかは地面が踏み固められていた。長屋の子供たちの遊び場になっているらしい。

「ここなら、稽古ができるな」

源九郎が言うと、そばにいたきくと恭之助が、うなずいた。ふたりの双眸《そうぼう》が、強いひかりを宿している。

六

翌日、源九郎と孫六は、きくと恭之助を連れて、安川家のある御徒町にむかった。きくたちが、はぐれ長屋で暮らすために必要な衣類や食器などを運ぶ手伝いという名目だったが、源九郎は、安川錬次郎が住んでいた屋敷と稽古に使っていた場所を見ておきたかったのだ。

当初、源九郎だけが、きくたちと行くことになっていたが、孫六が、「あっしも、お供しやす」と言い出し、連れていくことになった。

孫六は、やることもなく長屋で燻《くすぶ》っていることを嫌った。孫六は娘夫婦の世話になっていたが、何かと気兼ねするらしく、源九郎たちといっしょに出かけることを好んだのだ。

はぐれ長屋は、本所相生町一丁目にあった。源九郎たちは長屋の前の通りを南にむかい、竪川《たてかわ》沿いの通りに出た。

竪川沿いの通りを西にむかい、大川にかかっている両国橋のたもとに出た。橋のたもとには、大勢の人が行き交っていた。

両国橋を渡り、両国広小路に出ると、さらに人出が多かった。両国広小路は江戸でも屈指の繁華な場所だった。様々な身分の老若男女が行き交い、話し声、子供の泣き声、見世物小屋の客引きの声などが絶え間なく聞こえ、喧騒の坩堝《るつぼ》のようである。

源九郎たちは賑やかな両国広小路を抜け、柳原通りに入った。

柳原通りは神田川《かんだがわ》沿いにある道で、両国広小路から神田川にかかる昌平橋《しようへいばし》のたもとまでつづいている。

源九郎たちが柳原通りをしばらく歩くと、前方に和泉橋《いずみばし》が見えてきた。和泉橋も神田川にかかっている。

「和泉橋を渡った先です」

恭之助が先にたって言った。

和泉橋を渡ると、佐久間町《さくまちよう》の家並がひろがっていた。源九郎たちは和泉橋のたもとから真っ直ぐ北にむかった。

しばらく歩くと、町人地を抜け、御徒町に入った。通り沿いには、小身の旗本や御家人の屋敷がつづいている。

源九郎たちが御徒町に入って、小半刻（三十分）ほど歩いたとき、

「この道の先です」

と言って、恭之助が左手の通りに入った。

そこの通り沿いにも、小身の旗本や御家人の屋敷がつづいていた。通りに入って一町ほど歩いたとき、恭之助が武家屋敷の木戸門の前で足をとめた。百石ほどの御家人の屋敷である。屋敷は板塀でかこわれていた。門番の姿はなく、木戸門の引き戸がすこしあいている。

「ここです」

恭之助は、すぐに木戸門の板戸をあけた。

きくが、「入ってください」と源九郎に声をかけ、木戸門から入った。屋敷の表戸はしまっていたが、恭之助があけた。すると、下男らしい初老の男が姿を見せた。

「峰助《みねすけ》、お客さまをお連れしたと、母上に知らせてくれ」

恭之助が峰助に声をかけた。

峰助はすぐに屋敷内に入り、いっときすると四十がらみと思われる武家の妻女が戸口から出てきた。恭之助ときくの母親らしい。

……きくに似ている。

　と、源九郎は思った。

　そのとき、源九郎の脳裏で、亡妻の千代と目の前にあらわれた女の顔が重なった。源九郎は、千代が生きていれば、目の前にいる女のようになったのではないかと思った。

「母上、生前、父上が話していた華町源九郎さまをお連れしました」

　恭之助が、源九郎に目をやって言った。

　源九郎はきくたちの母親の前に立ち、

「華町源九郎でござる。若いころ、安川どのとは士学館で共に稽古に励んだ仲です。その安川どのが、亡くなられたと聞き、残念でなりませぬ」

　と、肩を落として言った。

「とねで、ございます。……ようおいでくだされた。華町さまのことは、旦那さまからお聞きしておりました」

　とねは、涙声だった。

「安川どのは、庭で剣術の指南をしていたと聞きましたが」

　源九郎は、屋敷に入る前に庭を見ておきたいと思った。

「その庭です」

きくが、屋敷の左手を指差した。

御家人の屋敷にしては、ひろい庭だった。庭といっても、隅に松が植えられているだけで、他の庭木はなかった。稽古をやった跡らしく、地面が踏み固められている。

その庭は、屋敷の縁側に面していた。おそらく、稽古の後で一休みするときは、縁側に腰を下ろしたのだろう。

「稽古場を見せてもらっていいかな」

源九郎は屋敷内で話すより、縁側に腰を下ろして稽古場を見ながら話したかった。

「どうぞ」

きくが先にたって、源九郎たちを庭に案内した。とねは、屋敷内にもどった。おそらく、屋敷内から庭に面した縁側に出るのだろう。

稽古場は、戸口から見たときより広く感じられた。三組、六人で稽古できるだろう。地面は踏み固められ、まだかすかに足跡が残っていた。

「ここで、安川どのは稽古をやられたのだな」

源九郎が、きくに目をやって訊いた。

「は、はい、父は一月ほど前まで、ここで稽古を……」

きくが涙ぐんで言った。

恭之助は眉を寄せたまま、稽古場を見つめている。孫六まで、無念そうな顔をしていた。

「門弟たちは、近所に住む者たちかな」

御徒町のある下谷《したや》は、小身の旗本や御家人の住む地がひろがっている。剣術道場に入門して稽古をしたい若い武士は、多いはずだ。

「はい、ここに通う門弟は、二十人ほどおりました」

きくによると、門弟のほとんどが、近隣に住む旗下や御家人の子弟だという。

「いま、その門弟たちは、どうしている」

源九郎が訊いた。

「他の剣術道場に通っている者が多いようです」

きくが、肩を落として言った。

「高野道場に移った門弟もいるか」

「いるはずです」

きくの顔に、無念そうな表情が浮いた。

七

「お茶が入りました」

とねが、庭に面した縁側から声をかけた。源九郎たちに茶を淹れてくれたらしい。

源九郎たちは縁側に腰を下ろし、湯飲みを手にした。

源九郎は茶をいっとき喫した後、

「とねどの、安川家はだれが継ぐことになっているのです」

と、訊いてみた。源九郎は、きくたちから安川が斬殺されたことを聞いたときから、家はだれが継ぐのか気になっていたのだ。

「恭之助が、継ぐことになっております」

とねによると、親戚筋の者たちが幕府に働きかけてくれ、安川家は恭之助が継ぐことになったという。

源九郎ととねのやり取りを聞いていた恭之助が、

「家を継ぐのは、父の敵を討ってからです」

いがあるようだ。

と、強い口調で言った。恭之助の胸の内には、父の敵を討ちたいという強い思
「そうか」

源九郎は、それ以上何も言わなかった。

源九郎たちが黙したまま庭の稽古場に目をやっていると、

「早く、敵がだれか、突きとめねえとな」

孫六が、つぶやいた。

「長屋の者も、敵はだれか、探ってくれるはずだ」

源九郎は、高野道場の者ではないかとみていたが、推測だけではっきりしたこ
とは分かっていない。

「敵が知れても、いまのわたしたち姉弟《きょうだい》では、敵を討つことはできません」

きくが厳しい顔で言うと、恭之助もうなずいた。

「長屋で、仇討ちのための剣術の稽古をするといい」

源九郎は、仇討ちを想定し、そのための稽古をすればいいと思っていた。それ
に、いざ仇討ちということになれば、源九郎自身も助太刀にくわわるつもりだっ
た。源九郎にとっても、剣友の仇討ちということになる。

「いろいろご迷惑をおかけします」

とねが、涙声で言った。

とねにしてみれば、娘と倅《せがれ》が敵を討つために屋敷を離れるのは、心配でならないだろう。そうかといって、父の敵を討つために剣術の稽古をしたいという姉弟をとめることもできないようだ。

それから、きくと恭之助は屋敷に入り、当座の暮らしに必要な衣類や食器類などをまとめ、四つの風呂敷包みにつつんだ。きくと恭之助は、四つともふたりで持つと言ったが、源九郎と孫六がひとつずつ持ってやることにした。

源九郎たちははぐれ長屋に着くと、きくたちが住むことになっている家に足をむけた。

家の前まで行くと、腰高障子のむこうから、女たちの話し声が聞こえた。お熊や長屋の女房連中が家の掃除をしているようだ。

源九郎が腰高障子をあけて土間へ入った。孫六、きく、恭之助の三人が、つづいて入った。

座敷には、お熊やおまつなど、長屋の女房たちが四人いた。雑巾《ぞうきん》や箒《ほうき》などを使って掃除をしている。

「おきくさんたちだよ」

お熊が、女房たちに声をかけた。

女房たちは掃除をする手をとめ、戸口にたっている源九郎たちに顔をむけた。

「きくどのの屋敷から、当座の暮らしに必要な物を運んできたのだ」

源九郎が女たちに言った。

「家の掃除も、あらかた済んだからね」

お熊が言うと、女たちがうなずいた。

きくは源九郎とお熊のやり取りを聞いていたが、話がとぎれたとき、

「みなさんのお蔭で、ここに住むことができそうです。なんと、お礼を言ったらいいのか……」

と、きくが涙声で言って、お熊たちに頭を下げると、恭之助も深々と頭を下げた。

「おきくさん、気にすることは、ないんだよ。長屋の者は、みんな仲間だからね。困ったことがあったら、何でも言っておくれ」

お熊が言うと、他の女房たちが、顔を見合わせてうなずいた。

「ありがとうございます」

　きくが、もう一度深く頭を下げた。

　源九郎たちはお熊たちが家の掃除を済ませ、戸口から出るのを待って、屋敷から運んできた荷物を座敷に運び込んだ。

「華町さま、いろいろありがとうございました。後は、わたしと恭之助でやります」

　きくが、言った。

「片付けが終わったら、今日はゆっくり休むがいい。……明日の朝、様子を見にくる」

　源九郎はそう言い置き、孫六を連れて戸口から出た。


　翌朝、源九郎は、昨日暗くなってから炊いためしの残りを湯漬けにして食ってから、きくたちの住む家にむかった。

　きくと恭之助が、夕餉《ゆうげ》と朝餉《あさげ》をどうしたか、気になったのである。当座の米は、屋敷から持ってきていたが、きくたちは竈《かまど》を焚《た》き付けたこともないだろう。

　源九郎が、腰高障子をあけて土間へ入ると、きくは襷《たすき》をかけ、流し場で洗い物をしていた。恭之助は、座敷の掃き掃除をしている。

「きく、めしを炊いたのか」

源九郎が訊いた。

「はい、今朝早く、お熊さんとおまつさんが来てくれ、御飯を炊いてくれました」

きくが、嬉しそうな顔をした。

襷をかけたために袖が上がり、白い両腕が見えた。肌が濡れている。

源九郎の脳裏に、亡妻の千代の姿がよぎった。若いころの千代ときくの姿が重なったのである。

だが、源九郎は顔には出さず、

「それは、よかった。何とか、長屋でも暮らしていけそうだな」

と、笑みを浮かべて言った。

「はい、長屋の方たちのお蔭です」

「どうだ、片付けが済んだら、剣術の稽古をするか」

「はい」

きくが応えると、座敷にいた恭之助も「行きます」と声高に言った。

源九郎は、ふたりの準備ができているなら、木刀の素振りから始めようと思った。

八

本所松坂町《まつざかちょう》の回向院《えこういん》の近くに、亀楽《きらく》という縄暖簾《なわのれん》を出した飲み屋があった。店のなかに置かれた飯台を前にし、六人の男が腰掛け代わりの空樽に腰を下ろしていた。

源九郎、菅井、孫六、茂次、平太、それに三太郎《さんたろう》である。いずれも、はぐれ長屋の用心棒と呼ばれる男たちである。もうひとり、安田十兵衛《やすだじゅうべえ》という仲間がいるのだが、安田は御家人の冷や飯食いで、数日前、実家で不幸があり、屋敷に帰ったまま長屋にもどっていなかった。

三太郎の歳は三十がらみ、子供はなく、おせつという女房とふたりで伝兵衛店に住んでいる。

三太郎は、砂絵描きだった。砂絵描きは、染粉で染めた砂を色別の布袋《ほてい》に入れて持ち歩き、掃除して水を撒《ま》いた地面に、色のついた砂を垂らして、地面に絵を描くのだ。人出の多い広小路の片隅や寺社の門前などで、砂絵を描いてみせ、投げ銭を貰う。大道芸人である。

三太郎は若いころ、名のある絵描きに弟子入りしたが、師匠の娘に手を出して破門になった。その後、砂絵を描く大道芸で、口を糊していたのだ。三太郎もはぐれ者である。

源九郎たちは、ひとりでは手におえないような事件にかかわったとき、仲間の七人で集《つど》って対応することが多かった。

亀楽のあるじの元造《もとぞう》は寡黙な男で、客と話し込むことはほとんどなく、板場にいることが多かった。客の相手は、三太郎の母親のおしずにまかせていた。おしずは、亀楽の手伝いに出ているのだ。

元造は気のいい男で、源九郎たちが長く居座っても文句ひとつ言わなかった。それに、頼めば、店を貸し切りにしてくれた。今日も、源九郎が元造に頼み、貸し切りにしてもらったので、他の客の姿はなかった。

おしずも、酒と肴《さかな》を出すと、

「何かあったら、声をかけてくださいね」

と言い残し、板場に入ってしまった。店にいると、源九郎たちの話の邪魔になると思ったらしい。

「話は、一杯やってからだ」

源九郎がそう言って、銚子を手にし、隣に腰を下ろした孫六の猪口《ちょく》に酒を注いでやった。

「ありがてえ。こうやって、みんなで飲む酒は旨《うめ》えからな」

孫六は、満面に笑みを浮かべて猪口の酒を飲み干した。孫六は、長屋の仲間と飲むのを楽しみにしている。

その場にいた六人の男は酒を注ぎ合い、勝手なことをしゃべりながら飲んだ。

源九郎は頃合を見て、

「今日、みんなに集って貰ったのは、長屋に越してきたきくと恭之助のことだ」

と、切り出した。

すると、男たちは飲むのをやめ、源九郎に視線を集めた。酒好きの孫六も、猪口を手にしたまま源九郎に目をやっている。

「すでに承知していると思うが、きくと恭之助は父の敵を討つため、長屋に越してきて剣術の稽古に励んでいる」

源九郎の言うとおり、きくと恭之助は、長屋の脇で剣術の稽古を始めていた。

「知ってやすぜ」

孫六が言った。

「実は、きくと恭之助に頼まれていたのだ」

そう言って、源九郎は懐から財布を取り出した。

飯台を前にして腰を下ろしていた男たちの目が、いっせいに源九郎の手にした財布に集まった。

「ここに、十両ある」

源九郎が小声で言った。

「十両ですかい」

孫六が、肩を落として言った。

その場にいた男たちからも、落胆の声と溜め息が洩《も》れた。男たちは、もっと大金を予想していたのだ。それというのも、十両を六人で分けると、ひとり二両にもならない。命懸けの仕事にしては、あまりに安いと言っていい。

「無理にとは言わぬ」

源九郎はそう言った後、いっとき間を置いてから、

「わしは、ひとりでもやるつもりだ。……若いふたりが、父の敵を討つため、親元から離れて、長屋住まいまで始めた。わしは、黙ってみていられないのだ」

と、静かだが強いひびきのある声で言った。

そのとき、黙って聞いていた菅井が、

「おれもやるぞ」

と、表情も変えずに言った。

「あっしもやりやす」

孫六がつづいた。

すると、茂次、平太、三太郎の三人も、「やる、やる」と言い出した。

「これで決まりだ」

源九郎は、財布から小判を十枚取り出すと、

「ひとり二両ずつは、分けられぬ。ひとり一両ずつで、どうだ。残る四両は、今後の飲み代にしたら。四両あれば、しばらく、金の心配をせずに飲めるぞ」

源九郎たちは依頼金を分けるとき、飲み代をとっておくことが多かった。

「それがいい」

孫六が言うと、他の四人も同意した。

「では、分けるぞ」

源九郎は、男たちの前に一両ずつ配り、

「さァ、金の心配はせずに飲んでくれ」

と、声を上げた。

それから、六人は夜が更けるまで、飲んだ。そして、飲み過ぎた孫六が、わけの分からないことを言い出したころ、源九郎は潮時とみて、

「長屋へ帰るぞ」

と、男たちに声をかけた。

元造に飲み代を払って店の外に出ると、外は満天の星空だった。爽やかな初秋の風が吹いている。

孫六、茂次、三太郎の三人は肩を寄せ合い、下卑《げび》た笑い声を上げ、ふらつきながら歩いている。若い平太は、三人の後ろからついていく。

「華町、それで、敵はだれか分かっているのか」

菅井が訊いた。

「道場にかかわりのある者とみているが、まだ、だれか分かっていないのだ。長屋の前できくたちを襲った者のなかに、敵がいたかもしれぬ」

源九郎は、夜空の星を見上げながら、「いずれ、見えてくる」とつぶやいた。

第二章　稽古

一

アアアッ。

源九郎は、両手を突き上げて伸びをした。昨夜、はぐれ長屋の仲間たちと亀楽で飲み過ぎて、寝過ごしてしまったのだ。

五ツ（午前八時）を過ぎているだろうか。戸口の腰高障子に朝陽があたって白く輝いている。

源九郎は、だらしなくはだけた小袖の襟を直し、捲《まく》れ上がった袴の裾をたたいて伸ばした。昨夜、寝間着に着替えず、小袖に袴姿のまま寝てしまったのだ。

源九郎は座敷から土間に下り、小桶に水甕《みずがめ》の水を汲んで顔を洗った。

「さて、めしはどうするか」

源九郎は土間に立ったまま呟《つぶや》いた。

ふだんは、夕方炊いためしを残しておいて、翌朝湯漬けや茶漬けにして食べるのだが、昨夕はめしを炊かなかった。これから竈《かまど》に火を点けて、めしを炊くのは面倒である。

「しかたない。水でも飲んで、我慢するか」

そう呟いて、源九郎は水甕のそばに置いてあった柄杓《ひしやく》に手を伸ばした。

そのとき、戸口に近付いてくる下駄の音がした。だれか来たようだ。

下駄の音は戸口でとまり、

「華町の旦那、起きてるかい」

と、お熊の声がした。

「起きてるぞ」

源九郎が声をかけると、すぐに腰高障子があいた。お熊は、握りめしの入った丼《どんぶり》を手にしていた。源九郎のために持ってきてくれたらしい。

お熊は、土間に入ってくると、

「朝めしは、食べたのかい」

と、すぐに訊《き》いた。

「まだだ」

源九郎は胸の内で、助かった、と思った。丼には握りめしが三つあった。薄く切ったたくわんまで添えられている。

「昨夜《ゆうべ》、遅くまで飲んでいたらしいんで、朝めしの仕度はしてないと思ってね。握りめしを持ってきたんだよ」

「ありがたい。これから、めしを炊こうと思っていたところだ」

源九郎はめしを炊く気はなかったが、そう言って上がり框《がまち》に腰を下ろした。そして、脇に置かれた丼のなかの握りめしに手を伸ばした。

お熊も、源九郎の脇に腰を下ろし、

「旦那は、行かないのかい」

と、戸口の腰高障子に目をむけたまま訊いた。

「ど、どこへ……」

源九郎が、握りめしを頬張りながら訊いた。

「長屋の脇の空き地で、おきくさんと恭之助さんが、剣術の稽古をやってるよ」

お熊たち長屋の女房連中は、きくのことをおきくさんと呼んでいる。

「もう、始めたのか」

源九郎は驚いた。五ツ過ぎだが、きくと恭之助は朝餉《あさげ》を終え、空き地に出かけて稽古を始めたようだ。

源九郎は、きくたちふたりに木刀の素振りから教えようと思っていたが、まだふたりの稽古を見ていなかった。

「菅井の旦那も行ったよ」

「菅井も行ったか」

今日は、晴天だった。両国広小路に居合抜きの見世物に出かけるにはいい日だが、仕事には行かずに、きくたちの稽古を見にいったようだ。

「長屋の子供たちも、行ってるらしいよ」

「おれも行くか」

源九郎は、握りめしを食ってからだ、と言って、握りめしを頬張った。

源九郎は握りめしを食べ終えると、立ち上がり、

「お熊はどうする」

と、訊いた。お熊は、源九郎が食べ終わるまで脇に腰を下ろして待っていたのだ。

「わたしは、家に帰るよ。剣術の稽古を見ていても仕方がないからね」

お熊は、源九郎から丼を受け取り、「飲み過ぎると、体によくないよ」と言い置いて、先に戸口から出ていった。

源九郎は座敷にもどり、大刀を手にすると、長屋の脇にある空き地にむかった。

空き地のなかほどで、きくは懐剣を、恭之助は刀を振っていた。ふたりの手にした剣が朝陽を反射《はね》て、キラリ、キラリと光っている。

恭之助が手にしている刀は、通常の大刀よりすこし短く、二尺一、二寸だった。きくの場合、懐剣を振るといっても、体捌《たいさば》きが中心である。

きくと恭之助のそばに、菅井と孫六が立って稽古の様子を見ていた。その四人からすこし離れた場所に、長屋の子供たちが集っていた。

源九郎が近付くと、きくと恭之助は手にした武器を振るのをやめた。ふたりとも、額に汗が浮いている。

「華町、遅いな」

菅井が言った。

「ここにいて、いいのか。今日は、いい日だ。両国広小路に行かないのか」

「今日は、やめた。おれもきくたちといっしょに居合の稽古でもしようかと思ってな」

「勝手にしろ」

源九郎は、菅井の胸の内が分かった。昨日手にした一両が、懐に残っているのだ。一両あれば、しばらく働かずに暮らしていける。源九郎も暮らしの糧を得るために、ふだんは傘張りをしているが、まったくその気にはならなかった。

「おれのことより、ふたりの稽古を見てやってくれ」

菅井は居合の達人だが、通常の剣術の指南は苦手らしい。

きくは、菅井と源九郎のやり取りを聞いていたが、

「華町さま、剣術を指南してください」

と、縋《すが》るような目をむけてきて言った。

「ふ、ふたりは、安川どのから剣術の指南を受けていたのかな」

源九郎が声をつまらせて言った。きくに見つめられて、胸が高鳴ったのだ。

「恭之助は、指南を受けていましたが、わたしはまったく。父は、わたしに竹刀《しない》も持たせてくれませんでした」

「それにしては、懐剣がしっかり振れていたな」

源九郎は、きくが懐剣を振っている姿を目にし、生前父親の安川に指南を受けていたとみたのだ。

「父が亡くなってから、恭之助とふたりで稽古をしただけです」

「そうか。……木刀でも真剣でもかまわぬが、まず、構えからだ」

源九郎は、ふたりに木刀の素振りから教える必要はないと思った。構えと太刀捌きを教えたら、すぐに敵を討つための稽古を始めていい。仇討ちを目の前にして、様々な刀法や懐剣の扱いを身につける間はないはずだ。

源九郎は己の刀を抜き、

「青眼の構えだ」

と言って、構えてみせた。

「きくは、懐剣を胸の前に構えてくれ」

すぐに、恭之助は刀を青眼に、きくは懐剣を胸の前で構えた。ふたりとも構えは、身についていた。恭之助は父の手解きを受けていたらしい。きくも、安川の死後恭之助とともに稽古をしていたのだろう。

「なかなかの構えではないか。……きくは前屈みになっているな。すこし体を起こしてみろ」

源九郎がそう言うと、きくは体を起こした。すると、すこし前屈みだった体勢が直った。体の動きが自在になるはずである。

「それでいい」

次に、源九郎は恭之助に青眼から刀を振り上げて真っ向へ斬り込むことを教えた。きくは、踏み込んで斬りつける稽古に集中させようと思った。

剣の場合、他に八相、上段、下段、脇構えなどがあるが、そうした構えからくりだす様々な刀法を身につける間はないはずだ。明日、敵と出会い、斬り合わねばならぬかもしれない。

それに、仇討ちは真剣勝負だった。敵を斬れるひとつの刀法を磨くことが大事である。稽古をつづけて余裕があれば、八相や上段からの太刀も教えればいいのだ。

一刻（二時間）ほど、稽古をつづけただろうか。きくと恭之助は、汗まみれになり、肩で息をするようになってきた。

「今日は、これまでにしよう」

源九郎が、ふたりに声をかけた。

二

翌日、源九郎の部屋に、六人の男が集まった。源九郎、菅井、孫六、茂次、平太、三太郎である。

「わしらが長屋に籠っていたのでは、きくたちの仇討ちは、いつになるか分からん。まず、敵がだれなのか、突き止めねばならないな」

源九郎が言った。

「敵を捜す当ては、あるのか」

菅井が訊いた。

「ある。殺された安川どのは、今わの際に、高野道場の名を口にしたそうだ」

「高野道場は、どこにあるのだ」

菅井も、高野道場のことは知らないらしい。孫六たち三人は、源九郎と菅井のやり取りに耳をかたむけている。

「平永町にあるらしい。きくの話では、大きな道場ではないようだ」

「流派は」

「聞いていない」

「平永町に行って、高野道場にあたれば、すぐに分かるな」

菅井が言うと、源九郎がうなずいた。

「誰が行く」

源九郎が、その場にいた五人に目をやって訊いた。

「道場を探すのに、そう人数はいるまい。それに、きくと恭之助のいる長屋にも、何人か残ってもらいたい」

源九郎はそう言った後、さらにつづけた。

「わしと孫六、それに平太の三人でいくか。菅井たち三人は、長屋に残ってくれ。……長屋の前で、きくたちが襲われたこともある。そやつらが、空き地で稽古をしているきくたちに気付けば、襲うかもしれん」

「きくたちの剣術の稽古は、だれがみるのだ」

菅井が訊いた。

「菅井がみてくれ。なに、ふたりには稽古のことを話してある。見ていてくれれば、自分たちでできるはずだ」

「分かった。おれたちは、長屋に残ろう」

菅井が言うと、茂次と三太郎もうなずいた。

それで話はついたので、六人は立ち上がった。源九郎たち三人は、このまま長屋を出て、平永町にむかうことにした。

源九郎、孫六、平太の三人は、はぐれ長屋を出ると、表通りを竪川の方にむかった。四ツ（午前十時）ごろだった。竪川沿いの通りは、人通りが少なかった。仕事のために家を出た男たちは、仕事場で働き始め、女房や子供たちはそれぞれの家で、一休みしているころであろう。

源九郎たちは大川にかかる両国橋を渡り、神田川沿いにつづく柳原通りを西にむかった。

神田川にかかる和泉橋のたもとを過ぎいっとき歩いたところで、

「華町の旦那、平永町は、そこを左手に入った先ですぜ」

孫六が、左手に入る道を指差して言った。孫六は、岡っ引きを長くやっていたこともあり、この辺りのことも明るかった。

源九郎たちは、左手の道に入った。道沿いには、小体《こてい》な店や仕舞屋《しもたや》が並んでいた。通行人は町人が多かったが、武士の姿もあった。武家地の広がる御徒町が近いせいもあるのか、御家人や小身の旗本らしい供連れの武士の姿が目についた。

源九郎たちがいっとき歩くと、

「この辺りから、平永町でさァ」

孫六が、通りの左右に目をやりながら言った。

「剣術の道場は、見当たらないな」

源九郎が言った。

「土地の者に訊いた方が早《は》ええ」

孫六は、周囲に目をやった。話の訊けそうな店を探しているようだ。

「むこうから、お侍がふたり来やす」

平太が、通りの先を指差した。

「あのふたりなら、道場のことが聞けそうだ」

源九郎が言った。

ふたりは若侍だった。小袖に袴姿で、大小を帯びている。ふたりは何やら話しながら、源九郎たちの方に歩いてくる。

「わしが、訊いてみよう」

源九郎は、すこし足を速めた。孫六と平太は、すこし間をとってついてくる。

源九郎はふたりの若侍の前に足をとめ、

「ちと、お尋ねしたいことがござる」

と、声をかけた。

「何でしょうか」

長身の若侍が訊いた。まだ、十六、七歳に見える。もうひとりの若侍も、同じ年頃らしい。

「この辺りに、剣術道場があると聞いてまいったのだが、どこにあるか御存じかな」

源九郎が訊いた。

「高野道場ですか」

すぐに、若侍は高野道場の名を出した。

「そうだ」

「高野道場なら、この先ですよ」

若侍は、来た道を振り返って指差した。

「高野道場の流派を御存じかな」

源九郎は、まだ流派を聞いてなかったのだ。

「一刀流と聞いています」

「一刀流か。それで、道場はひらいているのか」

「ひらいていると、聞きましたが……」

長身の若侍が首をひねると、脇にいたもうひとりが、

「ちかいうちに、道場を閉じるという噂がありますよ」

と、口を挟んだ。

「道場に何かあったのかな」

源九郎は、道場のことを聞き出すつもりで、ふたりに水をむけた。

「詳しいことは聞いてませんが、道場が古くなったようです。それに、門弟がだいぶ道場をやめたと聞いています」

「そうか。……わしの知り合いの者を入門させようと思ったが、近いうちに門を閉じるのではな」

そう言って、源九郎が首をひねると、

「それがしたちは、これで」

長身の武士が言って、ふたりは源九郎から離れていった。

源九郎のそばに孫六と平太が走り寄り、

「旦那、うまく聞き出しやしたね」

と、孫六が言った。源九郎とふたりの武士のやり取りを聞いていたらしい。

「ともかく、道場を見てみるか」

源九郎は道場を見れば、ふたりの武士の話どおりか、はっきりすると思った。

源九郎たち三人は、通りの先にむかって歩いた。

いっとき歩くと、前方に道場らしい建物が見えてきた。建物の脇が板壁になっていて、武者窓があるので、遠くからでもそれと知れる。

「稽古は、してないようだ」

源九郎が言った。

稽古の音は、聞こえなかった。道場から離れた場所からでも竹刀を打ち合う音や気合などが聞こえるので、稽古中かどうか知れるのだ。

三

源九郎たち三人は通行人を装い、道場の前まで行ってみた。表戸はしまっていた。なかから、物音も話し声も聞こえない。だれもいないようだ。

源九郎たちは、道場の前から半町ほど歩いてから路傍に足をとめた。

「道場には、だれもいないようだ」

源九郎が言った。

「道場は、つぶれたのかもしれねえ」

孫六は振り返って道場に目をやっている。

「何とも言えんな。午前中の稽古を終え、門弟たちが帰った後かも知れぬ。……どうだ、近所で様子を訊いてみるか」

源九郎が、通りの先に目をやった。

通りにはちらほら人影があり、道沿いには、八百屋、豆腐屋、下駄屋などの暮らしに必要な物を売る店が目についた。

「手分けして、聞き込んでみやすか」

孫六が言った。

「そうだな、小半刻（三十分）ほどしたら、またこの辺りにもどることにしよう」

源九郎がそう言って、三人はその場で分かれた。

ひとりになった源九郎は、通りをいっとき歩き、目についた下駄屋の前で足をとめた。親爺らしい男が、店先の台に赤や紫の鼻緒のついた下駄を並べている。

「ちと、訊きたいことがあるのだがな」

源九郎が、声をかけた。

「なんでしょうか」

親爺が、丁寧な物言いで訊いた。相手が、武士だったので、気を使ったらしい。

「この先に、剣術道場があるな」

源九郎が指差して言った。

「ありますが……」

「表戸がしまったままなのだが、道場を閉じたのかな」

「稽古はやってますよ」

親爺によると、道場の決まった稽古は朝方、一刻（二時間）ほどだけなので、門弟たちは稽古を終えて帰ったのだろうという。

「午後は？」

「午後も、道場はあいてます。門弟たちは、勝手にきて稽古をしていいことになってるようですよ」

「そうか」

道場をあけておくので、勝手に来て稽古をやってもいい、ということらしい。

「手間をとらせたな」

源九郎は親爺に声をかけて、その場を離れた。

それから、源九郎は通り沿いで目についた店に立ち寄り、高野道場のことを訊いたが、新たなことは分からなかった。

集まることになっていた場所にもどると、孫六と平太が待っていた。

源九郎は、下駄屋の親爺から聞いたことを一通り話してから、

「何か知れたか」

と、孫六と平太に目をやって訊いた。

「あっしは、通りかかった若侍に訊いたんですがね」

そう前置きして、孫六が話しだした。

「ちかごろ、門弟がすこし増えたそうですぜ。道場主の高野と師範代は、はりきって指南に当たっているそうでさァ」

孫六が言うと、平太が、

「あっしも、近ごろ門弟が増えたという話を聞きやした」

と、言い添えた。平太は、偶然通りかかった高野道場の門弟から話を聞いたという。

「先程聞いた若侍は、門弟が減ったと話していたが、すこし違うな。若侍は、すこし前のことを話したらしい」

源九郎は、安川が殺され、屋敷での剣術指南ができなくなったので、御徒町に屋敷のある若い子弟が、高野道場に来るようになったのではないかと思った。

「今日のところは、長屋にもどるか」

源九郎が言った。まだ、陽は高かったが、これ以上、道場の近くで聞き込んでも新たなことは分からないとみたのだ。それに、源九郎は、長屋にいるきくと恭之助のことが気になった。

源九郎たち三人は来た道を引き返し、はぐれ長屋にむかった。そして、長屋の路地木戸をくぐり、井戸端まで来ると、お熊とおまつが立ち話をしていた。ふたりの脇に、手桶が置いてあった。水汲みに来て顔を合わせ、話が始まったらしい。

お熊たちふたりは、源九郎たちの姿を目にすると、小走りに近寄ってきた。

「菅井の旦那が、捜してましたよ」

お熊が源九郎に言った。

「何かあったのかな」

「菅井の旦那は、剣術の稽古をしている空き地にいるかもしれないよ。すこし前に越してきた姉弟といっしょにいるのを見たから」

おまつが言った。

「行ってみるか」

源九郎は気になった。

源九郎たち三人は家にはもどらず、そのまま空き地にむかった。三人が井戸端から離れると、お熊とおまつがついてきた。

「お熊、水汲みに来たのではないのか」

源九郎が足をとめて訊いた。

「あたしらも、おきくさんたちのことが気になっていたんですよ」

お熊はそう言って、おまつと顔を見合わせた。

「勝手にしろ」

源九郎は足を速めた。

長屋の北側の棟を過ぎると、空き地にいるきくや菅井の姿が見えた。長屋の子供たちが集まって、遠くからきくたちの稽古を見ている。

「何事も、なかったようだ」

やわらげている。源九郎はほっとして、後ろにいる孫六と平太を振り返った。ふたりも、表情を

四

源九郎たちが空き地に入っていくと、
と、恭之助が声を上げた。

「華町さまだ！」

その声で、きくと菅井も源九郎たちに目をむけた。まわりで稽古の様子を見ていた子供たちのなかからも、「華町さまだ！」「孫六さんと、平太さんもいる！」などという声があちこちから聞こえた。

きくと恭之助は、真剣と懐剣を遣って稽古をしていたようだが、稽古をやめて源九郎たちのそばにきた。お熊とおまつは、源九郎たちのそばに立っている。

「華町、何かあったのか」

菅井が訊いた。

「何があったのか、訊きたいのは、わしらだ。お熊たちの話では、菅井はわしらを捜していたというではないか」

源九郎が言った。

「そのことか。たいしたことではないんだが、華町たちが帰っていれば、話しておこうと思って、長屋に様子を見に行ったのだ」

「話してくれ」

「八ツ（午後二時）ごろかな。きくたちといっしょに稽古をしていたのだが、武士がひとり、表通りの店の陰から空き地の様子を窺《うかが》っていたのだ」

菅井が言った。

表通りは店屋だけでなく町家もあったが、そうした家屋の裏手へまわれば、空き地を見ることができる。

「何者か分かるか」

源九郎の脳裏に、路地木戸の前できくたちを襲った三人の武士のことがよぎった。三人は何者なのかはっきりしないが、源九郎は高野道場とかかわりのある者とみていた。

「分からない。念のため、きくたちをいったん長屋に帰して、様子をみたのだ」

菅井によると、あらためて空き地に来てみると、様子を窺っていた武士の姿はなかった。しばらくしても武士は姿をあらわさなかったので、また稽古を始めたという。

菅井が話すと、そばで聞いていた茂次が言った。

「あっしと三太郎とで、表の通りに出て、二本差しがいたところへいって見てきやした。近くに、だれもいなかったので、菅井の旦那に話したんでさァ」

「何者かな」

その武士は、きくと恭之助のことを探りにきたのかもしれない、と源九郎は思った。

その日、菅井たちは、きくと恭之助の稽古を早めに切り上げ、はぐれ長屋にもどった。きくと恭之助を家に帰した後、源九郎の家に菅井と孫六が姿を見せた。茂次は家にもどったらしい。

源九郎はふたりが座敷に腰を下ろすのを待って、

「どうだ、一杯やりながら話さないか」

と、訊いた。貧乏徳利に酒が残っているのを思い出したのだ。

「ありがてえ！　酒が飲める」

孫六が、ニンマリして言った。

「いま、持ってくる」

源九郎は土間に下り、流し場近くにあった酒の入った貧乏徳利と湯飲みを三つ手にして座敷にもどってきた。

「まず、一杯やってからだ」

源九郎は、菅井と孫六の膝先に置いた湯飲みに酒を注いでやった。

三人で、冷や酒をいっとき飲んだ後、

「わしは、きくたちの稽古の様子を見ていたという武士が、気になるのだがな」

と、源九郎が切り出した。

「おれも、何かあるような気がする」

菅井が言った。

「長屋の路地木戸の前で、おきくさんたちを襲った二本差しの仲間じゃァねえかな」

孫六が口をはさんだ。顔が酒気をおびて、赤くなっている。

「そうかもしれぬ。……いずれにしろ、きくたちの様子を見にきたことはまちがいない。長屋にきくたちがいると知ったからには、何か仕掛けてくるとみねばなるまい」

源九郎が菅井に目をやって言った。

「稽古をしている空き地を襲うか。それとも、長屋にいるきくたちを襲うかだな」

菅井の陰気な顔が、いつになく厳しかった。細い目が、蛇《くちなわ》を思わせるようにうすく光っている。

「二本差しが何人もで襲ってきたら、菅井の旦那と茂次たちだけじゃァどうにもなりませんぜ」

孫六が言った。

「そうだな、遣い手が三、四人で、踏み込んできたら守りきれん」

菅井は、虚空を睨《にら》むように見すえている。

「かといって、わしらがみんな長屋にいたのでは、きくたちの敵をつきとめることもできぬ」

源九郎の胸の内には、平永町にある高野道場を探りたい気持ちがあった。

「華町の旦那、高野道場は、あっしと平太とで探りやすぜ」

孫六が身を乗り出して言った。

「わしは、菅井といっしょに長屋に残るか」

源九郎は孫六たちに任せようと思った。しばらく様子を見て、長屋を留守にすることができるようなら、また道場を探りにいってもいい。

「華町がきくたちの稽古を見てくれれば、助かる。おれは居合なら何とかなるが、きくや恭之助に、剣術の指南はできん」

そう言って、菅井が苦笑いを浮かべた。

「高野道場は、孫六と平太にまかせよう」

「十手を持って、聞き込みにまわってたころを思い出しやすぜ。平太も、栄造から十手を預かってる身だ。ふたりで、高野道場の様子を聞き込んできやすよ」

孫六は、その気になっている。

それから、源九郎と菅井は酒を飲みながら、稽古場にしている空き地に敵が乗り込んできたとき、どう対処するか相談した。

「ともかく、きくと恭之助を逃がさねばならぬ」

源九郎が言った。

「長屋に逃がすしかないな」

「きくたちの住む家までは知るまい。自分たちの家に逃げ込んで、どこかに身を隠すように話しておこう」

源九郎は、きくたちが跡を尾《つ》けられずに長屋に逃げ込めば、しばらく見つからずに済むだろうとみた。

五

翌日、源九郎は菅井といっしょに、きくと恭之助の住む家に立ち寄った。ふたりは、すでに稽古の身支度をととのえ、真剣と木刀を手にしていた。体をほぐすために、木刀の素振りをするらしい。

「今日は、わしもいっしょに稽古をする」

源九郎が、ふたりに言った。

「今日は、華町さまにも指南していただけるのですか」

恭之助が目をかがやかせて言った。きくも、嬉しそうな顔をしている。

「でかけるか」

源九郎がふたりに声をかけた。

菅井が、稽古場にしている空き地にむかいながら、

「空き地で、稽古しているとき、何者かに襲われるかもしれぬ」

と、低い声で言った。

きくと恭之助が、不安そうな顔をした。

「心配するな。今日から、おれだけでなく、華町も空き地にいることになった。華町がいれば、相手が三人でも四人でも、恐れることはない」

菅井が、源九郎に目をやりながら言った。

「はい、華町さまがいっしょなら、相手が何人でも恐れません」

恭之助が振り返って源九郎を見た。

源九郎は、何も言わず苦笑いを浮かべている。

そんなやり取りをしながら歩いているうち、空き地に着いた。だれもおらず、空き地のまわりに繁茂している雑草が、風に揺れている。

「支度してくれ」

源九郎が、きくと恭之助に声をかけた。

「はい！」

きくが応え、すぐに用意した襷《たすき》で両袖を絞った。そして、着物の裾を端折《はしょ》って帯に挟んだ。足元は足袋《たび》と草鞋《わらじ》でかためている。

恭之助も襷で両袖を絞り、袴の股立を取った。きくと同じように、足元は足袋に草鞋履きである。ふたりは長屋に来て稽古するようになってから、仇討ちをみすえた身支度で稽古をつづけていたのだ。

源九郎と菅井も、身支度をととのえた。ただ、ふたりは袴の股だちをとり、刀の目釘を確かめただけである。

「まず、素振りからだ」

源九郎が言った。

このところ、きくと恭之助は体をほぐすためにそれぞその武器の懐剣と真剣で素振りをするようになったのだ。

菅井は、この場を源九郎にまかせる気らしく、きくと恭之助の脇にまわった。菅井の目は、ときどき空き地の隅にむけられた。そこは、胡乱《うろん》な武士が空き地の様子を窺っていた場所の近くらしい。

恭之助ときくが素振りを始めたとき、茂次と三太郎が姿を見せた。ふたりは空き地の隅に立ったまま、きくたちと空き地の隅に目をやっている。菅井と同じように、武士が姿を見せないか、目を配っているようだ。

茂次たちが来た後、長屋の子供たちがふたり、三人と姿をみせ、空き地からすこし離れた場所で、稽古の様子を見ている。

いっときすると、子供たちは見ているのに飽きたらしく、足元の草を千切って投げたり、近くにいる子をつついたりして遊び始めた。

源九郎は恭之助ときくの顔が赤らんできたのを見て、

「恭之助は、声をかけたら、青眼の構えから真っ向に斬り込め」

と、指示した。

「はい!」

恭之助が応え、真剣を青眼に構えた。

「きくは、懐剣を構え、前に敵がいると見て突くのだ」

「はい!」

きくは、懐剣を胸の前で構えた。

「きく、突け!」

源九郎が、声をかけた。

きくは、「父の敵!」と声を上げて踏み込み、敵が目前にいるとみて手にした懐剣を突き出した。

「恭之助!」

源九郎が声を上げると、恭之助が真っ向に斬り込んだ。恭之助はきくより年少だが、男だけあって、踏み込みが大きかった。

「いま、一手!」

源九郎がふたりに声をかけた。

きくと恭之助の敵に対する稽古がしばらくつづくと、

「次は、わしが敵になる。仇討ちのおりは、わしが敵の正面に立つが、今日はわしを敵とみて斬り込んでこい」

そう言って、源九郎は空き地のなかほどに立った。

すると、恭之助は源九郎の背後に、きくは左手にまわり込んだ。

「わしは、斬られる前に躱《かわ》すから、敵を討つつもりで斬り込め」

と、ふたりに声をかけた。

それでも、ふたりは源九郎を前にして戸惑うような顔をした。源九郎に斬りつけないか、不安になったらしい。

「これは、敵との間合の取り方と、どれほど踏み込めばいいか、体に覚えさせるための稽古だ」

源九郎がそう話すと、きくと恭之助は納得したのか、顔から戸惑いの色が消えた。

空き地の近くにいた子供たちの声が、聞こえなくなった。子供たちは身を乗り出すようにして、真剣を手にして向かい合ったきくたちと源九郎を見つめている。これまでの稽古とはちがう、真剣勝負のような雰囲気を感じとったらしい。源九郎は対峙《たいじ》した見えない敵に対して青眼に構え、刀身をわずかに下げた。そして、「恭之助、いまだ！」と声をかけた。

「父の敵！」

と、恭之助が叫び、源九郎の背後から斬り込んだ。

恭之助の手にした刀の切っ先が、源九郎の背後に伸びる。

刹那《せつな》、源九郎は一歩前に踏み出した。恭之助の切っ先は、源九郎の背から四、五寸離れて空を斬って流れた。

「きく！」

源九郎が、きくに声をかけた。

きくも、「父の敵！」と声を上げ、手にした懐剣を突き出した。咄嗟《とっさ》に、源九郎は右手に体を寄せて、きくの懐剣をかわした。もっとも、きくは、懐剣が源九郎にとどかないよう、すこし手前で仕掛けていた。

「ふたりとも、なかなかの斬り込みだが、まだ敵は斬れぬ。……いま、一手！」

源九郎がふたりに声をかけた。

源九郎は同じような構えから、さらに何度も恭之助ときくに斬り込ませ、ふた

りの息が荒くなり、肩で息するのを見て、

「今日は、これまでだな」

と、声をかけた。

そのとき、空き地の隅にいた菅井が源九郎に身を寄せ、

「見ろ、また、来ている」

と、空き地の先に目をやって言った。

源九郎がそれとなく目をやると、表通り沿いにある店の脇に人影があった。小袖に袴姿で、二刀を帯びていた。武士である。顔ははっきり見えないが、空き地にいる源九郎たちを見ているようだ。

「あやつか」

源九郎が菅井に訊いた。

「そうだ」

「稽古の様子を見ているようだ」

源九郎が、そう言ったときだった。

ふいに、武士は店に身を寄せ、反転して歩きだした。源九郎たちに見られているのに気付いたのかもしれない。

武士の姿は、すぐに見えなくなった。表通りに出たにちがいない。

六

「やつの跡を尾けやす！」

茂次が声を上げ、武士のいた方にむかって走りだした。すぐに、三太郎が茂次の後につづいた。

茂次と三太郎は空き地から走り出ると、武士のいた店の脇を通って表通りに出た。

「茂次さん、あそこ」

三太郎が、通りの先にいる武士の後ろ姿を指差した。小袖に袴姿で二刀を帯びている。

茂次は通りの左右に目をやり、他に武士の姿がないのを確かめてから、

「やつにまちがいない」

と言って、足早に武士の後を追った。

茂次と三太郎は、走らなかった。武士が後ろを振り返っても、気付かれないようにすこし足を速めただけである。それでも茂次たちの方が速く、前を行く武士

との間が狭まってきた。茂次たちは道沿いにある店に身を寄せたり、通りかかった者の背後にまわったりして、巧みに武士の跡を尾けていく。

武士は竪川沿いの通りに出ると、右手に折れ、その姿が、茂次たちには見えなくなった。

「三太郎、走るぞ」

茂次が声をかけ、ふたりは懸命に走った。

竪川沿いの道に出ると、武士の後ろ姿が見えた。大川の方へ歩いていく。茂次たちが走ったので武士との間は狭まったが、武士に気付かれる恐れはなかった。竪川沿いの道は行き来する人の姿が多く、その陰に身を隠すことができたからだ。

武士は、両国橋の東の橋詰に出た。そこは、大勢のひとが行き交っていたが、橋を渡った先はさらに賑やかだった。西の橋詰は両国広小路と呼ばれ、江戸でも有数の繁華な地だった。様々な身分の老若男女が行き交っている。

茂次と三太郎は、先を行く武士のすぐ後ろに身を寄せた。そうしないと、雑踏のなかで武士の姿を見失うのだ。

前を行く武士は、がっちりした体軀《たいく》だった。尾行されているとは思ってないらしく、背後を振り返るようなことはなかった。

武士は賑やかな広小路を抜け、柳原通りに入った。柳原通りは、神田川沿いにつづいている。

茂次たちは歩調を緩め、前を行く武士から大きく間をとった。柳原通りにも行き交う人の姿は多かったが、両国広小路ほどではないので、武士が振り返ると気付かれる恐れがあったのだ。

武士は柳原通りをしばらく歩き、神田川にかかる和泉橋のたもとを過ぎていっとき歩くと、左手の通りに入った。

孫六と源九郎なら、その武士の入った先に平永町があり、高野道場につながっていることに気付いただろう。だが、茂次たちは、気付かなかった。

前を行く武士は、足速に歩いていく。茂次たちは歩調を緩め、前を行く武士との間をひろくとった。そこは、柳原通りと比べると人通りがすくなく、振り返ると気付かれる恐れがあったのだ。

武士は平永町に入ると、左手の通りに入った。茂次たちには、武士の姿が見えなくなった。

「三太郎、走るぞ」

茂次が声をかけ、ふたりは走り出した。

ふたりは、武士が入った通りの角まで来て足をとめた。

「いねえ！」

思わず、茂次が声を上げた。通りの先に、跡を尾けてきた武士の姿がなかった。その通りは、行き交うひとの姿が多かった。町人の姿が目についたが、供連れの武士の姿もあった。

「通りに、入《へえ》ってみやしょう」

三太郎が言った。

「待て！　あの二本差しは、おれたちに気付いたのかもしれねえ。通りに入って下手に捜しまわると、殺《や》られるぞ」

茂次はその場から動かず、通りの先に目をやった。武士の姿を捜したのだ。三太郎も動かず、武士を捜したが、それらしい姿は見当たらなかった。

「諦めよう」

茂次が言って、ふたりは来た道を引き返した。

茂次と三太郎ははぐれ長屋にもどると、まず源九郎の家に立ち寄った。空き地での稽古を終え、家にもどっているとみたのだ。

家には、源九郎、菅井、孫六の三人の姿があった。孫六は、平太とふたりで平永町にある高野道場を探りにいっていたのだが、茂次たちより先にもどったらしい。平太は自分の家に帰ったのだろう。

三人は、座敷に腰を下ろして茶を飲んでいた。菅井も空き地の稽古場から長屋にもどり、源九郎といっしょにここに来たようだ。

源九郎は茂次と三太郎が、土間に入るのを待って、

「武士の跡を尾けたのか」

と、身を乗り出すようにして訊いた。

「へい、平永町まで尾けたんですがね、うまくまかれやした」

茂次が残念そうな顔をして言った。

「平永町のどの辺りだい」

すぐに、孫六が訊いた。

「やつは、柳原通りから左手の道に入《へえ》ったんですがね。そこで、やつの姿が消えちまったんでさァ」

「おい、その道は、高野道場につづく道だぞ」

孫六が声高に言った。

「長屋の様子を探りに来ていたのは、高野道場の者だな」

源九郎が言った。高野道場の者が探っていたのは、きくと恭之助、それに源九郎たちの動きであろう。

「おれたちが、きくと恭之助に剣術の指南をしているのも承知しているわけだな」

菅井が言った。

「仇討ちのための稽古だと、気付いていよう」

やはり、安川錬次郎を襲って殺した者たちは、高野道場にかかわりがある、と源九郎は確信した。

七

「さて、どうする」

源九郎が、座敷にいる四人に目をやって訊いた。茂次と三太郎も、土間から座敷に上がっていた。

「きゃつら、きくと恭之助が、長屋で暮らしていることも知っているとみてもいいな」

菅井が言った。

「知っているだろうな」

「空き地の稽古場ではなく、長屋を襲うかもしれんぞ」

「そうだな。長屋に踏み込んで、きくと恭之助のいる家を襲えば、わしらとやり合わずに、きくたちを討てるとみているかもしれん」

「そいつは、まずい」

茂次が眉を寄せた。

「ですが、旦那。やつらは、まだおきくさんたちが住んでいる家を知らねえはずですぜ。やつらが長屋に入《へえ》ってきて探れば、すぐに知れるし、長屋の者をつかまえて話を訊いた様子もねえ」

孫六が、座敷にいる男たちに目をやって言った。

「さすが、孫六親分だ。番場町の親分と呼ばれていただけのことはあるぜ」

茂次が、感心したように言った。

「やはり、襲うのは、きくたちが稽古をしている空き地か」

菅井が孫六を見て言った。

「そうかもしれん。……安川どのも屋敷を出たところで、斬られている。屋敷や長屋に踏み込んで斬るより、外の方が襲いやすいのではないか。家や屋敷内での斬り合いは、同士討ちする恐れがあるからな」

源九郎が言うと、菅井がうなずいた。菅井も、源九郎と同じことを思ったのだろう。

「しばらく、稽古をやめやすか」

茂次が、源九郎と菅井に目をやって訊いた。

「いや、稽古はつづける。襲撃されることを恐れて、長屋の家のなかに籠っていたのでは、敵が知れても討つことはできないからな」

源九郎は、これまでと同じように敵を討つための稽古はつづけようと思った。

次に口をひらく者がなく、座敷が重い沈黙につつまれたとき、カツカツと忙しそうに歩く下駄の音がし、腰高障子があいた。姿を見せたのは、お熊である。

「どうした、お熊」

源九郎が訊いた。

「か、帰ってきたよ！　安田の旦那が」

お熊が声をつまらせて言った。

「帰ってきたか！　いいところに、帰ってきたぞ」

源九郎の声も昂っていた。

「あっしが、安田の旦那を連れてきやすぜ」

茂次が立ち上がった。

源九郎たちが座敷に腰を下ろしていっとき待つと、ふたりの足音が聞こえ、腰高障子があいて、茂次と安田十兵衛が姿を見せた。安田は小袖に袴姿で、二刀を帯びていた。長屋に帰ったそのままの格好で来たらしい。

「みんな、集まっているな」

安田が声をかけた。

安田ははぐれ長屋に越してきて一年ほどしか経っていない。安田は御家人の冷や飯食いだったが、兄が嫁をもらい、家に居辛くなって飛び出したのだ。その後、はぐれ長屋に越してきて、源九郎たちの仲間にくわわったのである。

安田はふだん口入れ屋に出入りして仕事を見つけ、なんとか暮らしをたてていた。大酒飲みで、長屋の住人からは飲兵衛《のんべえ》十兵衛《じゆうべえ》と呼ばれている。

暮らしはだらしないが、安田は一刀流の遣い手だった。いざというときには、頼りになる。

「安田、上がってくれ」

源九郎が安田に声をかけた。

安田は源九郎や菅井の膝先に目をやり、

「酒はないのか」

と、訊いた。がっかりしたような顔をしている。

「いまな、長屋に越してきたきくという娘と恭之助という弟のことで、集まって相談していたのだ」

源九郎がそう切り出し、長屋の路地木戸の前できくたちが襲われたことから始め、いま姉弟が襲われそうなので、どう迎え撃ったらいいか相談していたことまでをかいつまんで話した。

「それで、安田にも手を貸してもらいたいのだ」

源九郎が言い添えた。

「むろん手を貸す。……それで、礼金は」

安田が源九郎を見て訊いた。

「礼金な……」

源九郎は戸惑うような顔をしていたが、懐から財布を取り出すと、小判を一枚手にし、

「おれたちは、一両ずつもらったのだ」

と、言って、安田の膝先に小判を置いた。源九郎は酒代として持っていた四両のなかから出したのである。

安田が一両を目にし、戸惑うような顔をした。一両では、あまりに少ないと思ったのだろう。

「おれも、一両だぞ」

菅井が言うと、

「あっしも、一両でさァ」

と、孫六が言い添えた。

「では、おれも一両で我慢するか」

安田は手を伸ばして小判をつかみ、これで、酒でも飲みに行くか、とつぶやいた。

「酒は後にしろ、明日にも、きくと恭之助が襲われるかもしれんのだ」

源九郎が、安田が小判を財布にしまうのを見てから言った。

「分かった。明日から、おれも稽古場になっている空き地に顔を出そう。きくという娘と恭之助という弟にも、会ってみたいからな」

安田が、座敷にいる男たちに目をやって言った。

第三章　襲撃

一

安田が長屋に帰ってきた二日後だった。源九郎は昨夜の残りのめしを湯漬けにして食べ終えると、流し場にいって水を飲んだ。茶が飲みたかったが、湯を沸かすのが面倒だったので、水で我慢したのである。

源九郎はいったん座敷にもどり、小袖に袴姿になった。そして、大小を腰に帯びた。これから、きくと恭之助の剣術の稽古場になっている空き地へ行くつもりだった。

源九郎が外へ出ようとして腰高障子をあけると、走ってくる平太の姿が見えた。すっとび平太と呼ばれているだけあって、足が速い。

「だ、旦那、いやすぜ！」

平太が、源九郎の顔を見るなり言った。

「何がいるのだ」

「二本差しでさァ。路地木戸の近くにいやす」

「路地木戸だと」

源九郎が聞き返した。きくたちのことを探りに来たのなら、空き地ではないかと思ったのだ。

「へい、孫六親分が、様子を見てやす。あっしは、親分から旦那に知らせるように言われてきたんでさァ」

「行ってみよう」

源九郎は平太につづいて、路地木戸にむかった。

孫六が路地木戸の脇に身を隠し、外の通りに目をやっている。孫六は、源九郎たちの足音を耳にしたらしく、

「こっちでさァ」

と小声で言い、手招きした。

源九郎は、木戸の外から見えないように腰をかがめて孫六に近付いた。平太は

源九郎の後ろについてきた。

「あそこ」

孫六が路地の先を指差した。

見ると、武士がひとり、木戸門からすこし離れた場所にある八百屋の脇に身を隠し、木戸門の方に顔をむけていた。

「長屋から出入りする者を見ているようだ」

源九郎は、きくと恭之助が長屋から出るのを見張っているのではないかと思った。きくと恭之助が長屋を出て、どこかに身を隠すとみているのかもしれない。

「好きなようにさせておけ」

源九郎はそう言って、木戸門から離れた。念のため、孫六と平太をその場に残した。

源九郎はいったん自分の家にもどり、だれもいないのを確かめてからきくと恭之助の住む家へむかった。

ふたりは稽古のできる支度をして、家の前で源九郎を待っていた。

「すまん、待たせたか。すぐに、空き地へ行く」

源九郎がふたりに声をかけた。

空き地には、安田、菅井、茂次の三人の姿があった。先に来て、待っていたらしい。すでに、安田のことは、きくたちに話してあった。

源九郎は、念のために空き地の周囲に目をやった。空き地を見張っている者がいるかどうか、確かめたのである。それらしい人影はなかった。すこし風があり、雑草がサワサワと揺れている。

「稽古を始めるか」

源九郎が、きくや安田たちに目をやって言った。

きくと恭之助は、すぐに空き地のなかほどに立った。

「おれは、何をやればいい」

安田が訊いた。

「安田は、敵になってくれ。真剣を遣っての稽古だ。間違っても、きくたちを斬るなよ」

「分かった。……それで、華町どのは、どうする」

「わしは、きくたちに助太刀する」

源九郎は、敵にもよるが、きくと恭之助に助太刀しようと思っていた。これまでも、源九郎が助太刀することを想定して稽古していたのだ、

「では、始めるか」

安田がそう言って、空き地のなかほどにむかうと、源九郎、きく、恭之助の三人がつづいた。

菅井と茂次は、空き地の隅で枝葉を茂らせていた椿の陰へまわった。そこから、表通りの方に目を配るはずだ。敵が入ってくるのを逸早《いちはや》く察知するためである。

「まず、素振りからだな」

源九郎が、きくたち三人に声をかけた。このところ、体をほぐすために素振りをしていたのだ。

源九郎、恭之助、安田の三人は真剣を遣い、きくは懐剣を遣った。四人はそれぞれの武器を振り始めた。

源九郎たちが素振りを始めると、長屋の子供がひとり、ふたりと姿を見せた。子供たちは源九郎たちに目をやっただけで、すぐに草花をとったり、小石を投げたりして遊び始めた。それに、子供たちの姿はすくなかった。四人しかいない。剣術の稽古を見るのに飽きていたのだ。

源九郎たちは素振りを終えると、きくたち三人に目をやり、

「今日は、安田が敵になる。わしは、きくたちに助太刀するつもりだ」

と、手の甲で額の汗を拭いながら言った。

「おれは、敵だな」

そう言って、安田は空き地のなかほどに立った。

すぐに、源九郎が安田の正面に立ち、きくは安田の左手にまわり込んだ。恭之助は背後である。ちかごろ、源九郎は、実際の仇討ちを想定して、ふたりの立つ位置も決めていたのだ。

「さァ、こい！」

安田は声を上げ、青眼に構えた切っ先を源九郎にむけた。

すぐに、源九郎も青眼に構えた。腰の据わった隙のない構えである。剣尖《けんせん》がピタリと安田の目につけられている。

きくは安田の左手に立ち、懐剣を胸の前に構えた。きくの腰はすこし高かったが、構えは悪くなかった。背筋が伸び、いまにも踏み込んでいきそうな気配があった。恭之助は、安田の背後に立ち、青眼に構えている。

「いくぞ！」

源九郎が声をかけ、青眼に構えたままジリジリと安田との間合を狭めていく。

対する安田は、動かなかった。源九郎との間合を読んでいる。

ふいに、源九郎が動きをとめた。一足一刀の斬撃の一歩手前である。そのまま踏み込むと、安田に受けられるとみたのだ。

すると、安田が一歩踏み込んだ。次の瞬間、源九郎が仕掛けた。

青眼から真っ向へ——。

この動きを読んでいた安田は、身を引いて源九郎の切っ先をはずした。だが、体勢がくずれた。

これを見た源九郎は、「いまだ！　恭之助」と、声をかけた。

その声に弾かれるように、恭之助が、「父の敵！」と声を上げ、安田の背後から真っ向へ斬り込んだ。切っ先が、安田にとどかないようにすこし間をとっている。

安田は恭之助の動きも察知していたらしく、左手に体を寄せた。これを見た源九郎は、「きく！」と声をかけた。

きくも、「父の敵！」と叫びざま、踏み込み、手にした懐剣をふるった。

安田は咄嗟《とっさ》に右手に跳んで、きくの懐剣をかわした。さすが、安田である。動きが素早かった。

「ふたりとも、なかなかの斬り込みだ。だが、まだ敵は斬れんぞ」

安田が言った。

すると、恭之助ときくの動きを見ていた源九郎が、

「いま、一手だな」

と、姉弟に声をかけた。

「はい！」

と恭之助が応え、ふたたび姉弟は、安田の背後と左手に立った。

二

きくと恭之助が、それぞれの武器を手にして安田に切っ先をむけ、安田を敵と見立てた稽古が始まったときだった。

椿の樹陰にいた菅井が身を乗り出して、表通りの方へ目をやった。

……いる！

菅井は、表通り沿いにある店の脇に人影があるのを目にした。武士だった。小袖に袴姿で二刀を帯びている。武士は、空き地の方を見ているようだ。

「やつだ！」

菅井の脇にいた茂次が、声を殺して言った。

「ひとりだな」

菅井が小声で言った。

「空き地を見ているようですぜ」

「そうらしい。……おい、ひとりではないぞ。後ろにも、いる」

菅井が身を乗り出して言った。

店の脇にいる武士の背後にも、人影があった。はっきり見えなかったが、武士であることは分かった。

「ここからは見えないが、他にもいるかもしれん」

菅井が言った。

「空き地を襲う気かもしれねえ」

「まだ、何とも言えないな」

菅井がそう言ったとき、ふたりの武士が動いた。すこし、前に出たのだ。

「何人もいる！」

茂次が言った。ふたりの武士の背後に、さらに人影が見えた。はっきりしないが、何人もいるようだ。

「空き地を襲う気だぞ」

「あっしが、知らせてきやす」

茂次はそう言って、その場を離れた。

菅井は樹陰に残り、武士たちに目をやっている。菅井は、武士たちが空き地にむかったら、やり過ごすつもりだった。空き地で闘いが始まったら、敵の背後から仕掛けるのだ。


一方、茂次は物陰に身を隠しながら空き地にもどった。そして、源九郎のそばに行くと、表通りの店の脇に武士が何人もいることを話し、

「ここを襲う気ですぜ」

と、言い添えた。

その場にいたきくと恭之助の顔が、こわばった。安田は源九郎のそばに身を寄せ、茂次の話を聞いている。

「何人いるか、分かるか」

源九郎が訊いた。

「人数は分からねえ。……五、六人いるかもしれねえ」

茂次が言った。

「よし、手筈どおりだ」

源九郎が、その場にいるきくや安田に顔をむけて言った。

「あっしは、長屋にいる連中を連れてきやすぜ」

茂次はそう言って、すぐにその場を離れた。そして、空き地の隅で遊んでいた子供たちに帰るように話してから、長屋にむかった。

その場に残ったのは、源九郎、安田、きく、恭之助の四人だった。四人は、表通りの方へ顔をむけている。

「来たぞ！」

安田が言った。

「五人いる」

源九郎は、武士が五人、空き地に向かってくるのを目にすると、きくと恭之助に、

「わしと、安田の後ろにいろ」

と、指示した。何としても、きくと恭之助を守らねばならない。

「長屋のみんなといっしょに闘います」

恭之助が昂《たかぶ》った声で言った。

「駄目だ！　やつらは、恭之助ときくを殺しにきたのだぞ」

源九郎がいつになく、強い口調で言った。

するとと、恭之助ときくは源九郎に言われたとおり、源九郎たちの背後にまわった。

五人の武士は、空き地のそばまで来ると、足取りを緩めて左右にひろがった。源九郎たちを包み込むような隊形になって襲うつもりらしい。

源九郎は五人の武士のなかに、路地木戸を見張っていた武士がいるのを目にした。その武士は長屋を見張りながら、他の仲間が来るのを待っていたようだ。

「四人だけだぞ」

五人のなかのひとりが言った。大柄な武士だった。

源九郎は、大柄な武士にも見覚えがあった。以前、長屋の路地木戸の前で、きくと恭之助を襲った者たちのなかにいたひとりである。

「四人とも、始末しろ！」

大柄な武士が声高に言って、抜刀した。

すると、他の四人もいっせいに刀を抜いた。五人の手にした刀が頭上の陽を映じて、キラリ、キラリとひかった。

その五人の背後から、菅井が足音を忍ばせて近付いてくる。五人の武士は、前方に気を取られ、背後から迫ってくる菅井には気付いていないようだ。

源九郎と安田も抜刀した。ふたりは、刀が存分に振るえるだけの間をとっている。

五人の武士の足が、とまった。源九郎の前に立ったのは、大柄な武士だった。手にした刀を青眼に構え、切っ先を源九郎の目につけた。

……なかなかの遣い手だ！

と、源九郎はみた。武士の構えには隙がなく、腰も据わっていた。その大柄な体とあいまって、巨岩を思わせるような威圧感がある。

だが、源九郎は臆さなかった。相青眼に構えて、剣尖を武士の目につけた。武士の顔に、驚きの色が浮いた。源九郎の隙のない構えに、威圧感を覚えたにちがいない。

安田の前には、痩身の武士が立った。武士は青眼に構え、切っ先を安田にむけている。対する安田は八相だった。

痩身の武士の顔が、ひき締まった。安田の八相の構えを見て、遣い手と察知したのだろう。

三

　このとき、菅井は源九郎たちを取り囲んだ五人の武士の背後に迫っていた。武士たちは気付いていない。

　菅井は居合の抜刀体勢をとったまま、五人の武士のひとり、中背の武士の背後にまわり込んだ。中背の武士は、源九郎と安田の背後にいるきくに近付こうとしている。

　まだ、中背の武士は、背後から迫ってくる菅井に気付かない。きくと恭之助に気をとられているようだ。

　中背の武士は青眼に構え、ジリジリときくに迫っていく。そのとき、菅井が居合の抜刀体勢をとったまま中背の武士に急迫し、イヤアッ！　と、裂帛《れっぱく》の気合を発して抜きつけた。神速の抜きつけの一刀である。

　キラッ、と刀身がひかった次の瞬間、菅井の切っ先が、背後を振り返った中背の武士をとらえた。ザクリ、と菅井の切っ先が、武士の肩から背にかけて袈裟《けさ》に斬り裂いた。

武士は驚愕《きようがく》に目をむき、何か叫びかけたが、声にならなかった。苦しげな呻《うめ》き声が洩《も》れただけである。

武士は、刀を引っ提げたままよろめいた。斬り裂かれた傷口から血が流れ出、背を真っ赤に染めていく。

武士は空き地の隅までよろめき、足がとまると、その場にへたり込んだ。頭を垂れ、呻き声を漏らしている。

中背の武士のそばにいた武士が、慌てた様子で菅井に体をむけ、八相に構えた。浅黒い顔が恐怖でひき攣《つ》っている。

菅井は素早く刀を鞘に納め、居合の抜刀体勢をとって、浅黒い顔をした武士の前に立った。


このとき、源九郎は青眼に構え、切っ先を大柄な武士の目につけていた。どっしりと腰の据わった隙のない構えである。対する武士も相青眼に構えていた。

ふたりの間合は、およそ三間――。まだ、一足一刀の斬撃の間境の外だった。

「おぬし、名は」

源九郎が訊いた。

「忘れたよ」

武士が嘯《うそぶ》くように言った。

「きくたちを襲うのは、どういうわけだ」

「知らぬ」

言いざま、武士は一歩踏み込んだ。

「高野道場の者か」

源九郎がそう訊いたとき、武士の表情が強張《こわば》った。やはり、高野道場とかかわりがあるようだ。

「問答無用！」

武士はさらに一歩踏み込み、斬撃の間境に迫った。武士の全身に、斬撃の気配が高まっている。

源九郎は青眼に構えたまま胸の内で、斬撃の間境まで、あと一歩、と読んだ。

そのとき、武士の寄り身がとまった。源九郎の隙のない構えを見て、このまま斬撃の間境を越えると、斬られる、と察知したのかもしれない。

イヤアッ！

突如、武士が裂帛の気合を発した。気合で、源九郎の気を乱そうとしたのである。

だが、源九郎は武士が気合を発した一瞬をとらえ、鋭い気合とともに斬り込んだ。

踏み込みざま袈裟へ。

刹那《せつな》、武士も斬り込んだ。青眼から袈裟へ。

袈裟と袈裟——。二筋の閃光《せんこう》がはしり、ふたりの眼前で合致した。甲高い金属音とともに青火が散り、ふたりの動きがとまった。

鍔迫《つばぜ》り合いである。だが、ふたりが鍔迫り合いで動きをとめていたのは、わずかな時間だった。

すぐに、ふたりは己の刀身を押しざま背後に跳んだ。そして、大きく間合をとると、ふたたび相青眼に構えあった。

「やるな！」

武士が、源九郎を見据えて言った。顔が赭黒《あかぐろ》赭く染まり、双眸《そうぼう》に燃えるようなひかりが宿っている。

対する源九郎は、表情を変えなかった。間合があくと、チラッとときくに目をやった。ふたりのことが気になったのである。

源九郎と安田は、きくと恭之助の身を守るように踏み込んできた武士たちと対《たい》峙《じ》していたのだ。

そのとき、空き地に近付いてくる大勢の足音が聞こえた。茂次が長屋にいる男たちを連れてきたのだ。日中長屋に残っている男は、すくなかった。居《い》職《じょく》の職人と年寄り、それに子供だけだが、それでも茂次は十数人も連れてきた。そのなかには、路地木戸近くで見張っていた孫六と平太の姿もあった。空き地で闘いが始まったと聞いて、駆け付けたのだろう。

茂次が男たちの前に立ち、

「石を投げろ！」

と、叫んだ。

すると、その場にいた男たちが、足元の石を広い、空き地にいる武士たち目掛けて投げた。源九郎たちに当たらないように投げているらしく、源九郎たちから離れた場にいる男に石が集中した。

石《いし》礫《つぶて》を浴びた武士は、悲鳴を上げて逃げ出した。これを見た大柄な武士は、慌てて後じさって、源九郎との間を取り、

「引け！　この場は引け」

と、声を上げ、抜き身を手にしたまま逃げた。

他の三人の武士も、切っ先をむけていた相手から身を引いて間合を取ると、反転して逃げ出した。

「逃げたぞ！」

「もっと、投げろ！」

長屋の男たちは声を上げ、逃げる四人の武士にむかって次々に石礫を浴びせた。

四人の武士が侵入してきた店の脇まで逃げると、長屋の男たちは石を投げるのをやめた。そして、空き地にいる源九郎たちのそばに集まってきた。

「みんなのお蔭で、助かった」

源九郎が長屋の男たちに礼を言った。きくと恭之助は、男たちに頭を下げている。

長屋の男たちは満足そうな顔をして空き地を出ると、長屋に帰っていった。源九郎たちは、空き地に残っている。

四

空き地の隅に、中背の武士がひとり蹲《うずくま》っていた。菅井に斬られた武士である。武士は苦しげな呻き声を上げていた。

源九郎たちは、中背の武士のそばに集まった。そして、源九郎が武士の前に屈んで目をむけ、

「おぬしの名は」

と、声高に訊いた。

武士は苦悶《くもん》の顔を源九郎にむけたが、何も言わなかった。顔から血の気が引き、体が顫《ふる》えている。

「高野道場の者か」

源九郎が高野道場の名を出して訊いた。

「し、知らぬ」

武士は、喘《あえ》ぎ声を上げながら言った。

「いっしょにきた者たちは、高野道場の者たちではないのか」

「……………」

武士は無言のまま顔を背けた。

「おい、いっしょにここに踏み込んできた者たちは、おぬしを見捨てて逃げたのだぞ。助けようと思えば、助けられたはずだ」

源九郎がそう言うと、武士は上目遣いに源九郎を見た。その顔に、悔しそうな表情が浮いた。

「高野道場の者だな」

源九郎が念を押すように訊いた。

「そ、そうだ」

「おぬしの名は」

「や、山岸作次郎《やまぎしさくじろう》……」

武士が名乗った。

「逃げた四人も、高野道場の門弟か」

「も、門弟は、ふたりだけだ」

山岸が声をつまらせ、門弟の名を口にした。八代源三郎《やしろげんざぶろう》と北村洋之助《きたむらようのすけ》だという。

「他のふたりは」

「や、八代の遊び仲間だ。金を握らせて、連れてきたのだ」

「八代は、おれと立ち合った武士か」

源九郎が訊いた。

「そ、そうだ」

山岸が、声をつまらせながら話したことによると、八代源三郎は高野道場の師範代だという。

「もうひとりの北村は？」

源九郎が訊いた。

山岸はチラッとそばに立っていた安田に目をやり、

「や、安田どのと立ち合った男……」

と、声を震わせて言った。山岸の顔から血の気が失《う》せ、体の顫えが激しくなっている。

「瘦せた男か」

安田が訊いた。

「そ、そうだ」

山岸が答えた。

源九郎はいっとき間を置き、

「ここにいるきよと恭之助の父親、安川錬次郎どのを斬ったのは、高野道場の者だな」

と、語気を強くして訊いた。

山岸は戸惑うような顔をして口をつぐんでいたが、

「そ、そう聞いている」

と、声をつまらせて言った。

すると、源九郎の脇で話を聞いていたきくが、

「父を斬ったのはだれです」

と、眉をつり上げて訊いた。きくは、いままで見せなかったきつい顔をしていた。恭之助も、睨《にら》むように山岸を見すえている。

「お、おれは、詳しいことは知らない。……何人かで、安川どのを襲ったと聞いている」

「だれが、父を斬ったのです!」

さらに、きくが訊いた。

「き、斬ったのは、ふたり。ひとりは、八代どの……」

「もうひとりは、だれです」

「しょ、食客《しょっかく》の……」

名を言いかけたとき、ふいに、山岸が顎《あご》を前に突き出すようにして背筋を伸ばした。そして、山岸の口から喉のつまったような呻き声が洩れた。いっとき山岸は身を顫わせていたが、急に体から力が抜け、首を前に垂らしてぐったりとなった。

「死んだ」

源九郎が言った。

そのとき、きくが、

「父の敵のもうひとりは、高野道場の食客です」

と、きつい表情で言った。

「それだけ分かれば、すぐに突き止められる」

源九郎は、昂っているきくの気持ちをなだめるように穏やかな声で言った。

それからいっとき、男たちは無言で、山岸の死体に目をむけていたが、

「この男、どうする」

と、菅井が訊いた。

「空き地に、死体を転がしておくわけにはいかないな」

源九郎は、きくたちの稽古の場であるし、長屋の子供たちの遊び場でもある空き地に死体を放置しておけないと思った。

「空き地の脇の草藪《くさやぶ》にでも、埋めておくか」

菅井が言った。

「それしかないな」

源九郎は、孫六と茂次に目をやり、

「長屋に、鍬《くわ》はないかな」

と、訊いた。死体を埋葬するには、空き地を掘らねばならない。

「あっしと茂次で、長屋をまわって借りてきやすよ」

そう言い残し、孫六と茂次が長屋にもどった。

源九郎たちは、長屋の者から借りてきた鍬を使って、空き地の隅に穴を掘り、山岸の死体を埋めてやった。

五

五人の武士が、源九郎やきくたちを襲った翌朝、源九郎の家に孫六と平太が、姿を見せた。

「菅井の旦那は、まだですかい」

孫六が訊いた。

「まだだ」

源九郎は、菅井、孫六、平太の四人で、高野道場のある平永町へ行くことになっていた。道場の近くで、山岸が口にした道場主の高野と師範代の八代、それに食客の三人を探るのである。食客は、まだ名も知れていない。

「旦那は、朝めしを食いやしたか」

孫六が、口許に薄笑いを浮かべて訊いた。

「食った。湯漬けをな」

源九郎は、昨夜の残りのめしを湯漬けにしたのだ。

「菅井の旦那は、めしを食っているのかな」

平太がそう言ったとき、戸口に近付いてくる足音がした。菅井らしい。源九郎は足音でだれか分かるのだ。

足音は腰高障子の向こうでとまり、

「華町、いるか」

と、菅井の声が聞こえた。

「いるぞ」

源九郎が応えると、すぐに腰高障子があき、菅井が顔を見せた。

「孫六と平太も、来ていたか」

菅井は、そう言った後、「華町、出かけられるのか」と訊いた。

「ああ、支度は終えている」

「華町にしては、珍しいな」

菅井は、「出かけよう」と言って、踵《きびす》を返した。

源九郎たち四人は戸口から出ると、長屋の路地木戸に足をむけた。曇天《どんてん》だった。空が雲に覆われている。

長屋は妙にひっそりしていた。亭主たちは働きに出た後で、長屋に残っているのは女房と子供が多い。まだ子供たちは遊びに出ずに、母親といっしょに家のなかにいるのだろう。

源九郎たちは長屋の路地木戸から出ると、竪川沿いの通りにむかった。そして、賑やかな両国広小路を経て柳原通りに入った。

源九郎たちは平永町に入り、通りの前方に高野道場が見えるところまで来ると、路傍に足をとめた。

「おい、稽古をしているらしいぞ」

菅井が言った。

道場から、竹刀を打ち合う音と気合がかすかに聞こえてきた。

「稽古を終えて、門弟が出てくるのを待つか」

源九郎が道場に目をやりながら言った。

「その間に、近所で聞き込んでみるか」

菅井が言うと、

「そうしやしょう」

すぐに、孫六が言った。

源九郎たち四人はその場で分かれ、近所で道場について聞き込んでみることにした。

「八代と北村、それに食客のことを訊いてみてくれ。まだ、食客の名も知らないからな」

源九郎は、なかでも山岸が口にした食客のことが気になっていた。

源九郎は菅井たち三人と分かれると、来た道を引き返し、門弟たちが道場への行き帰りに立ち寄りそうな店を探した。

「あのそば屋で、訊いてみるか」

源九郎は、通り沿いにあったそば屋を目にとめた。門弟が稽古の帰りに、立ち寄りそうな店である。

店先に暖簾が出ていた。まだ、昼前ということもあって、店はひっそりしていた。

源九郎は、暖簾を分けて店に入った。客の姿はなかった。土間に飯台が置かれ、腰掛け代わりの空樽が置いてあった。

「いらっしゃい」

飯台のそばにいた小女《こおんな》が、すぐに近付いてきた。

「ちと、訊きたいことがあってな」

源九郎が立ったまま言った。

「何でしょう」

小女が、戸惑うような顔をした。客ではないと分かったからだろう。

「この店に、高野道場の門弟が立ち寄ることはないか」

「ありますが」

「道場は、いまも稽古をつづけているのかな」

「はい、店に寄る門弟の方もすこし増えましたよ」

「そうか。ところで、道場の師範代の八代どのが、立ち寄ることもあるのか」

源九郎は、八代の名を出して訊いてみた。

「さァ、わたしは、だれが師範代なのか知りません」

小女は、その場から離れたいような素振りを見せた。客でもない相手と話し込んでいるわけにはいかないと思ったらしい。

源九郎は小女の素振りを無視し、

「道場主の高野どのの家に寝泊まりして、門弟たちに剣術の指南をしている者を知っているかな」

と訊いた。食客なら、高野家に寝泊まりしているとみたのだ。

「さァ……」

小女は首を捻った。

そのとき、店の奥から、「おそめ、何を話してるんだい」という男の声が聞こえた。店の親爺らしい。小女が、店先で油を売っているとでも思ったのだろう。

おそめは決まり悪そうな顔をして、源九郎に頭を下げると、そそくさと奥へ行ってしまった。

源九郎は、苦笑いを浮かべてそば屋から出た。その後、通り沿いの店に立ち寄って、話を訊いてみたが、新たなことは知れなかった。

源九郎が菅井たちと分かれた場所にもどると、孫六と平太の姿はあったが、菅井はまだもどっていなかった。

「菅井が、来てから話すか」

源九郎がそう言ったとき、通りの先に菅井の姿が見えた。菅井は慌てた様子で足早にもどってくる。

六

「わしから、話す」

源九郎はそう言って、そば屋の小女から聞いたことをかいつまんで話した。

「あっしも、ちかごろ、新しく入門した者が何人もいるという話を聞きやしたぜ」

孫六が言い添えた。

「入門者が増えたのは、安川どのが近隣の子弟を集めて剣術の指南をやらなくなったことが原因かもしれない」

　源九郎が顔をしかめて言った。

　そのとき、菅井が、「通りかかった門弟らしい男に、聞いたのだがな」と前置きし、

「おれは、高野道場の食客の名を聞いたぞ」

　と、身を乗り出して言った。

「何という名だ」

「相馬弥十郎《そうまやじゆうろう》。三年ほど前から、道場に顔を出すようになったそうだ」

「相馬な」

　源九郎が、耳にしたことのない名だった。

「遣い手らしい。ふだん、道場主の家で寝起きしているそうだ」

「道場主の高野の家は、どこにあるのだ」

　源九郎が訊いた。

「道場の裏手らしいが、道場とつながっているようだ」

「道場と、行き来できるようになっているのだな」

「そうらしい。……相馬だがな。ふだん稽古のときは遣わないが、変わった技を

身につけているらしいぞ」

菅井が、目をひからせて言った。

「どんな技だ」

源九郎が身を乗り出して訊いた。

「滝落《たきおと》し、と呼ばれているそうだが、話を聞いた男も、変わった技としか知らなかったのだ」

「滝落しな」

源九郎も、滝落しと呼ばれる技のことは知らなかった。おそらく、相馬という男が、自ら工夫した技であろう。

「これから、どうする」

菅井が訊いた。

「せっかく来たのだ。稽古も終わったようだし、道場の門弟にも訊いてみよう」

道場から聞こえていた稽古の音がやんでいた。いっときすれば、門弟たちが姿を見せるだろう。

源九郎たちは、近くで枝葉を茂らせていた椿の樹陰に身を隠した。

それから、いっときすると、門弟らしい若侍が道場の戸口から、ひとりふたりと姿を見せた。

ふたり連れの若侍が近付いたとき、孫六が樹陰から出ようとした。

「待て！」

源九郎が孫六をとめた。

「門弟が、後ろからも来る。ここで、わしらが道場を探っていたことを、高野や八代に知られたくない」

源九郎は、門弟が道場から離れるのを待って話を訊くよう孫六に指示した。

「承知しやした」

孫六は、ふたりの若侍が通り過ぎるのを待って、樹陰から出た。そして、若侍の跡を尾け始めた。

孫六がその場を離れた後、源九郎は、ひとりで歩いてくる若い門弟に目をとめ、

「わしは、あの男に訊いてみる」

と言って、樹陰から出た。

源九郎は若い門弟が道場から離れ、近くに別の門弟もいないのを確かめてから背後に近付き、

「お尋ねしたいことが、ござる」

と、声をかけた。

「何でしょうか」

若い門弟は、訝《いぶか》しげな顔をして源九郎を見た。

「いや、たいしたことではないのだ。わしの孫がな。剣術の道場に入門したいと言い出したのだが、高野道場はどうかと思ってな」

「そうですか」

若侍は、表情をやわらげた。源九郎の話を信じたらしい。

それから、源九郎は若侍といっしょに歩きながら、道場主の高野や食客の相馬のことを訊いたが、新たなことは知れなかった。分かったことは、相馬が食客として、道場の裏手にある高野の家で寝起きしていることぐらいである。

源九郎が樹陰にもどると、孫六と平太はいたが、菅井の姿はなかった。孫六が門弟から聞いてきたことを話そうとすると、

「待て、菅井がもどってからにしてくれ」

そう言って、源九郎は話すのをとめた。

それからいっときすると、菅井が足早にもどってきた。急いでもどってきたら

しく、顎のしゃくれた般若《はんにゃ》のような顔が、赤く染まって汗でひかっていた。

「孫六、話してくれ」

源九郎が言った。

「あっしは、門弟から道場主の高野のことを聞きやした。門弟の話だと、御徒町に住む御家人の子弟が大勢、安川さまのお屋敷で、剣術の指南を受けているのを知って腹をたてていたそうでさァ」

「高野は、己の道場の門弟が安川どのの許に流れるのを恐れたのではないか」

「あっしも、そうみやした」

「わしは、たいしたことは聞き出せなかった」

そう前置きして、源九郎は相馬が道場の裏手にある高野の家で寝泊まりしていることを話した。

源九郎の話が終わると、菅井が、

「滝落しが、どんな剣か知れたぞ」

と、前置きして話しだした。

菅井が聞いた話によると、滝落しは、上段から真っ向へ斬り下ろす太刀だという。その上段からの太刀が、高い崖から流れ落ちる滝のように激しく強いことから、「滝落し」とか「腰砕き」と呼ばれているそうだ。腰砕きと呼ばれるのは、上段からの太刀を頭上で受けると、斬撃が強いため、腰を砕かれるような強い衝撃を受けるからだという。

「山岸は、食客の相馬のことを、安川どのを斬ったひとりと口にしかけて亡くなったが、相馬は滝落しと呼ばれる技を、遣わなかったようだ」

源九郎が言った。

「切り口を見れば、すぐに相馬と知れるからだな」

菅井の細い目が、切っ先のように光っている。

それから、源九郎たちは通行人を装って、道場の近くまで行き、道場の裏手に母屋があることを確かめてから、来た道を引き返した。

七

源九郎、菅井、孫六、平太の四人が、はぐれ長屋にもどり、源九郎の家の前まで行くと、男の話し声が聞こえた。

「だれか。いやすぜ」

孫六が言った。

腰高障子のむこうから聞こえたのは、くぐもった声だったので、だれなのかはっきりしなかった。

源九郎が腰高障子をあけた。上がり框に腰を下ろして話していたのは、茂次と三太郎だった。

「旦那たちを、待ってやした」

すぐに、茂次が言った。

「何かあったのか」

源九郎が、土間に立ったまま訊いた。菅井たち三人も、土間に立っている。

「旦那たちが長屋を出た後、八助《やすけ》爺さんが、表の通りで二本差しにつかまりやしてね。おきくさんたちや、旦那たちのことを訊かれたようでさァ」

茂次が言った。八助は長屋に住んでおり、腰がまがり、歩くのもやっとの年寄りで、老妻とふたり暮らしだった。同じ長屋に、ぼてふりをしている倅夫婦がいて、老夫婦の面倒をみているらしい。

「どんなことを訊かれたのだ」

「華町の旦那たちは、どこにいるのか訊いたようで。剣術の稽古をしている空き地にいねえから、訊いたらしい」

「それで、八助はどう答えたのだ」

高野道場にかかわりのある者が、探りにきたらしい、と源九郎は察知した。

「朝方、出かけるのを見掛けたが、どこへ行ったか知らねえ、と答えたそうでさァ」

「そうか」

どうやら、八助は正直に答えたようだ。

「そやつ、おれたちの動きを探りにきたようだが、また、きくたちを襲うつもりではないか」

菅井が言った。

「そうみていいな」

「迂闊《うかつ》に長屋を出られないな」

「ところで、きくや安田たちは、どうした」

源九郎が訊いた。

「稽古をやめて、長屋にいやす」

黙って聞いていた三太郎が、口を挟んだ。

「安田の旦那たちにも、八助が二本差しに旦那たちのことを訊かれたと話しやした。安田の旦那たちは、稽古をやめて長屋にもどったようでさァ」

三太郎につづいて、茂次が言った。

「安田ひとりでは、きくたちを守りきれないとみたのだな」

菅井が顔をしかめて言った。

源九郎は、安田を、ここに呼んでくれないか、と三太郎に頼んだ。

「すぐ、呼んできやす」

三太郎は、戸口から飛び出した。

源九郎たちは、座敷に上がって安田が来るのを待った。

いっときすると、三太郎が安田を連れてきた。

「みんな、もどったな」

安田が源九郎たちの顔を見て、ほっとした顔をした。

「ともかく、座敷に上がって腰を下ろしてくれ」

源九郎は、安田と三太郎が座敷に腰を下ろすのを待ち、

「きくと恭之助は、どこにいる」

と、気になっていたことを訊いた。

「長屋の家にいるはずだ。念のため、長屋から出るな、と話してある」

「そうか」

源九郎は、きくたちに、剣術の稽古をつづけてもらいたかった。父の敵が、高野道場にかかわりのある八代と相馬のふたりとはっきりしてきたので、仇討ちもそう長い先ではない、とみていたのだ。

「また、稽古場を襲う気かな」

安田が眉を寄せて言った。

「どうかな。一度襲って懲《こ》りたはずだ。同じ手を打ってくるとは思えぬ」

源九郎が言った。

「おれもそう思うが、きくたちと一緒にいるのが、おれひとりとみれば、襲うのではないか」

「そうだな。わしらも、迂闊に長屋を出られないわけだ」

源九郎は、何人もで長屋を出るのは避けようと思った。

そのとき、源九郎と安田のやり取りを聞いていた菅井が、

「安田、相馬弥十郎という男を知っているか」

と、安田に目をやって訊いた。

「相馬な……」

安田は虚空に視線をむけて、記憶をたどるような顔をしていたが、

「聞いたことがある。一刀流の遣い手らしいが……。相馬がどうかしたのか」

と、菅井に訊いた。

「高野道場の食客で、滝落しとか、腰砕きと呼ばれる剣を遣うらしい」

「滝落し……。どこかで、聞いたような気がするが」

安田が首をひねった。記憶がはっきりしないらしい。

「上段から、斬り下ろす太刀らしい。腰が砕かれるような強い斬撃で、うかつに受けると、刀ごと斬り下げられるそうだ」

菅井が言った。

「その剣を、敵のひとりの相馬が遣うのか」

安田の顔が厳しくなった。

「そうだ。きくと恭之助も、いままでの稽古では、相馬に太刀打ちできないぞ」

源九郎が言った。

「返り討ちに遭うな」

菅井が顔をしかめた。

次に口をひらく者がなく、座敷が重い沈黙につつまれた。

「明日から、滝落しを頭に置いて稽古をさせよう」

源九郎が、静かだが重いひびきのある声で言った。胸の内で、源九郎自身も滝落しを想定した稽古をする必要があると思った。

八

翌朝、源九郎は孫六と平太のふたりに、高野道場を探るように頼み、きくたちの家にむかった。孫六たちには、高野道場に変わった様子はないか見るだけでいい、と念を押した。門弟たちに気付かれると、八代や相馬に襲われる恐れがあったのだ。

きくと恭之助は剣術の稽古のできる身支度で、戸口で源九郎を待っていた。すでに、安田から、稽古に源九郎もくわわることを話してあったようだ。

源九郎がきくたちの家の前に来て間もなく、安田も姿を見せた。

「行くか」

安田が声をかけた。

稽古場に使っている空き地には人影がなかった。雑草が風に揺れている。長屋の子供たちも、剣術の稽古は見飽きたらしく、ちかごろは顔を出さない。

稽古場に着くと、源九郎がきくと恭之助に、

「安川錬次郎どのを斬った敵のひとりが知れた」

と、声をあらためて言った。すでに、敵はふたりで、ひとりは八代と分かっていた。

「だれですか」

恭之助が、身を乗り出すようにして訊いた。きくも、顔を引き締めて源九郎を見つめている。

「相馬弥十郎、滝落しと呼ばれる変わった技を遣うようだ」

源九郎は、変わった技という言い方をした。きくと恭之助に不安を抱かせないためである。

「滝落し……」

きくがつぶやくような声で言った。

「滝落しが、どんな技か分かっている。今日から、滝落しに負けないための稽古をする」

「はい！」

きくが、応えた。恭之助も、頷《うなず》いた。ふたりの顔には、不安や怯《おび》えの色はなか

った。

「わしが相馬になり、滝落しを遣ってみる。きくと恭之助は、わしに言われたとおりに動いてみろ」

滝落しの構えと太刀筋は分かっていたので、真似はできる、と源九郎はみていた。

「おれは、どうする」

安田が訊いた。

「安田は、きくと恭之助を見ていて、指示してくれ」

源九郎は、安田なら相馬になった源九郎を討つための指示ができるとみた。稽古の様子を見て、安田にも相馬役をやってもらうつもりだった。それというのも、源九郎はきくたちに助太刀して、相馬と闘うつもりでいたからだ。

「承知した」

安田が応えた。

源九郎は空き地のなかほどに立つと、刀を抜き、大上段に構えた。源九郎も遣い手だけあって、隙のない大きな構えである。

「恭之助、華町どのの後ろに立て」

安田が指示した。これまでも、恭之助は敵の背後に立つことになっていたのだ。

すぐに、恭之助が源九郎の背後にまわった。これまでの稽古で身についたらしく、恭之助は源九郎から三間ほどの間合をとった。一足一刀の斬撃の間境からは、だいぶ離れている。

「きくは、左手だ」

「はい!」

安田の指示で、きくは源九郎の左手に立った。間合は、二間ほどである。

……いい間合だ。

と、源九郎は胸の内でつぶやいた。

きくは敵の左手に立っているので、二間ほどの間合で、十分だった。敵がきくを斬るためには、体をきくにむけてから踏み込まねばならない。そのため、正面より間を狭めて立っても、敵の動きに応じて、斬り込んだり逃げたりできる。

「その場でいい」

安田が、恭之助ときくに声をかけた。

きくは懐剣を持ち、恭之助は刀を持って、それぞれ身構えた。

「わしが、上段から真っ向へ斬り込む。恭之助ときくは、安田の指示で動け。勝手に動くと滝落しで、頭を斬られるぞ」

源九郎は、上段に構えたまま言った。

「はい!」

恭之助の手にした刀の切っ先が揺れた。緊張して、体に力が入っているらしい。

「安田、わしが動いて、隙が見えたら、きくと恭之助に斬り込ませてくれ」

源九郎が安田に声をかけた。

「承知した」

安田の顔にも、緊張の色があった。仇討ちのための実戦的な稽古だが、安田はひとりの剣客として、滝落しと称する剣がどのようなものか、知りたいのだろう。

「いくぞ!」

源九郎が声をかけた。そして、大上段に構えた。

源九郎は自分の前に敵が立っているとみて、鋭い気合を発し、大上段から真っ向へ斬り下ろした。

「恭之助、いまだ！」

　安田が声を上げた。

　咄嗟に、恭之助は刀を振り上げ、源九郎の背後から斬り込んだ。その切っ先が、源九郎の背から一尺ほど手前でとまった。恭之助が柄を握った両手を絞って、刀身をとめたのである。ただ、斬り下ろしても、恭之助の切っ先は源九郎にとどかなかっただろう。

「恭之助、いまの動きでいいぞ」

　安田が言った。

「は、はい」

　恭之助が、声をつまらせて言った。双眸がひかっている。

「いま、一手！」

　源九郎が言うと、すぐに恭之助は身を引き、先程立った位置にもどった。きくも、先程と同じ場所に立っている。

「いくぞ！」

　源九郎が声をかけ、ふたたび大上段に構えた。

　背後に立った恭之助と左手に立ったきくも、それぞれ手にした刀と懐剣を構えた。

ただ、きくは源九郎との間合を先程より、すこし狭くとっていた。安田の指示である。安田は大上段に構えた敵が、正面の敵を斃《たお》す前に体を左手にむけて、きくに斬り込むことはないとみたようだ。

ふたたび、源九郎が鋭い気合とともに大上段から真っ向に斬り下ろした。

「きく！」

安田が声をかけた。

すると、きくは安田の声に弾かれたように踏み込み、手にした懐剣を源九郎にむかって突き出した。

その懐剣は、源九郎の左腕から一尺ほど手前でとまった。きくが、とめたのである。

「きく、いまの踏み込みなら、相馬を討てたぞ」

源九郎が声をかけた。

「はい！」

きくが、昂った声で応えた。

その後、源九郎と安田は、敵の相馬を想定した稽古をきくと恭之助の体がふらつくまでつづけた。

第四章　探　索

一

　源九郎は、空き地が淡い暮色につつまれたころ、きくたちとの稽古を終えた。そして、きくたちを長屋の家まで送った後、安田とふたりで源九郎の家にむかった。安田もそうだが、これからめしを炊くのが面倒なので、源九郎の家に立ち寄った後、近くの一膳めし屋にでも行こうと思っていた。

「だれか、いるぞ」

　安田が言った。

　源九郎の家の腰高障子のむこうから、くぐもった男の話し声が聞こえた。

「孫六らしい」

源九郎は孫六の声は聞き取れたが、話している相手が小声だったので、だれか分からなかった。

源九郎が腰高障子をあけた。上がり框《がまち》に腰を下ろして話していたのは、孫六と平太だった。どうやらふたりは高野道場を探りに行き、帰りに源九郎の家に立ち寄ったらしい。

源九郎と安田も、上がり框に腰を下ろし、

「孫六、何か知れたのか」

と、訊《き》いた。

「ちょいと、気になることを耳にしやしてね。早《はえ》え方がいいと思い、旦那が帰るのを待ってたんでさァ」

孫六が言った。

「話してくれ」

源九郎も気になった。

孫六は、「門弟から、耳にしたんですがね」と前置きし、

「ここ、三日ほど、師範代の八代と相馬が道場にあまり来ねえようでさァ」

と、源九郎と安田に目をやりながら言った。

「なに、八代と相馬が道場に来ないと」

源九郎が聞き返した。

「来るには、来るようですがね。門弟たちに稽古をつけずに、道場を出るときがあるそうで」

「うむ……」

源九郎の顔に憂慮の色が浮いた。

「おい、おれたちに敵として狙われていることを知って、ふたりとも様子を見ているのではないか」

安田が声高に言った。

「そうかな」

源九郎は、何か別の理由があるような気がした。八代と相馬が、きくと恭之助、それにはぐれ長屋の者たちを恐れて門弟たちとの稽古が疎《おろそ》かになっていると は思えなかった。

「八代と相馬が道場で稽古に専念しないのは、何か理由があるのではないか」

源九郎が言い添えた。

「どんな理由だ」

「分からん。……いずれにしろ、明日、わしも平永町に行ってみる」

源九郎は、きくたちの敵である八代と相馬の動きをつかんでおきたかったのだ。

「おれも、いっしょに行ってもいいぞ」

安田が言った。

「いや、安田はきくと恭之助の稽古を見てくれ。相馬の遣う滝落しを侮ると、返り討ちに遭うからな」

「分かった。おれは、ふたりの稽古相手になろう。滝落しは、尋常な技ではないからな」

安田が、顔をひき締めて言った。

それで、孫六たちとの話は終わった。源九郎は安田といっしょに長屋を出た。近くの一膳めし屋かそば屋に立ち寄って、腹を満たそうと思ったのだ。

翌朝、源九郎が流し場で顔を洗っていると、菅井が顔を見せた。菅井は、飯櫃を持っている。

……菅井のやつ、将棋をやるつもりではあるまいな。

と、源九郎は胸の内でつぶやいた。

「華町、朝めしはまだだな」

菅井が訊いた。

「まだだ」

源九郎は水でも飲んで、朝めしは我慢しようと思っていた。昨夕、安田と近くの一膳めし屋で夕飯を食ったこともあり、めしを炊かなかったのだ。

「握り飯を持ってきた。華町も、食うか」

「それは、有り難い。腹が減ってな、これから、めしでも炊こうかと思っていたのだ」

そう言いながら、源九郎は菅井の身辺に目をやった。将棋の駒の入った小箱は、持っていないようだ。

「握りめしを食ってから出かけよう」

そう言って、菅井は勝手に座敷に上がった。

「茶を淹《い》れようか」

源九郎が訊いた。

「湯を沸かしてあるのか」

「まだだ」

「茶はいい。これから焚き付けて、湯が沸くまで待てるか」

菅井は座敷に胡座をかいている。

「そうだな」

源九郎は、そのまま座敷に上がった。

菅井が持ってきた飯櫃のなかには、大きな握りめしが四つ入っていた。菅井は、ふたりで二つずつ食べるつもりで握ったらしい。

源九郎と菅井は座敷に腰を下ろして、握りめしを頬張った。そして、茶の代りに水を飲み、一息ついてから戸口から出た。

途中、孫六の家に立ち寄り、三人で長屋の路地木戸にむかった。行き先は、平永町である。高野道場を探り、八代と相馬の居所を突き止めるつもりだった。そして、ふたりの居場所が分かれば、きくたちと仇討ちにむかうことになるだろう。

源九郎たち三人は平永町に入り、高野道場の見える路地まで来ると、路傍の椿の樹陰に身を隠した。そこは、以前源九郎たちが身を隠して、高野道場を探った場所である。

「稽古の音が聞こえるな」

菅井が、道場に目をやって言った。

道場から、竹刀を打ち合う音や気合が聞こえてきた。門弟たちが、稽古をしているようだ。

「どうしやす」

孫六が訊いた。

「稽古が終わるのを待つしかないな」

源九郎は、まず門弟に話を訊いてみようと思った。門弟なら、八代と相馬のことを知っているはずである。

二

源九郎、菅井、孫六の三人は、いっとき高野道場に目をやっていたが、

「あっしは、近所で訊いてきやすよ。何度も、この近くで門弟をつかまえて訊いてやすんで、顔を知られてるかもしれねえ。門弟たちに騒がれると、話を訊くどころか、あっしがつかまっちまう」

そう苦笑いを浮かべて言い、樹陰から路地に出た。

源九郎と菅井は、その場に残り、道場の稽古が終わるのを待った。源九郎たち

がその場に来て、半刻（一時間）も経ったろうか。道場から、竹刀を打ち合う音や気合が聞こえなくなった。

「稽古が終わったようだ」

菅井が道場を見ながらつぶやいた。

それからいっときして、道場の戸口から門弟らしい若侍がひとり、ふたりと姿を見せた。

源九郎と菅井は、何人かの門弟をやり過ごし、話の聞けそうな者が近付くのを待った。

通りの先に、門弟がひとり、こちらに歩いてくるのが見えた。まだ、十五、六と思われる若侍である。

菅井は樹陰に身を隠したまま門弟をやり過ごし、

「おれが、あの男に訊いてみる」

と言い残し、樹陰から路地に出た。そして、その後ろからついていく。菅井は門弟が道場を離れてから話を訊くつもりらしい。

源九郎はひとり、その場に残った。何人もの門弟をやり過ごした後、ひとりの門弟が歩いてくるのに目をとめた。二十歳《はたち》前後と思われる浅黒い顔をした男である。

……あの男に、訊いてみるか。

源九郎は胸の内でつぶやき、門弟が通り過ぎるのを待って樹陰から路地に出た。そして、背後から足早に近付き、肩を並べて歩きながら、

「お尋ねしたいことがござる」

と、声をかけた。

「何です」

門弟は無愛想な顔をして源九郎を見た。

「いま、高野道場から出てきたのを目にしたのだが、門弟かな」

「そうです」

「八代どのは、道場にいるかな。それがしの倅が、八代どのに指南を受けていたことがあるのだ」

源九郎はそれらしい作り話を口にした。

「そうですか」

門弟の表情が、やわらいだ。源九郎の話を信じたらしい。

「近くを通りかかったのでな。八代どのに挨拶でも、と思ったのだが、道場にお

られるかな」

「道場にはいませんよ」

門弟が眉を寄せて言った。

「いないのか。今日は、門弟たちに稽古をつけなかったのかな」

源九郎が訊いた。

「稽古の途中までいたのですが、何か急用があるらしく、道場を出たのです」

「そうか」

源九郎はいっとき間を置いた後、

「相馬弥十郎どのは、おられるかな」

と、相馬の名を出して訊いた。

「相馬さまも、おられません」

門弟はそう言った後、「相馬さまとも、お知り合いですか」と小声で訊いた。

老齢の源九郎を見て、知り合いとは思えなかったのだろう。

「さきほど話したそれがしの倅がな、相馬どのにも、稽古をつけてもらったことがあるのだ。相馬どのは、それがしの屋敷にも来たことがある」

源九郎は適当な作り話を口にし、

「それで、八代どのと相馬どのは、どこへ出かけたのかな」

源九郎は、話をもどした。

「おふたりが、どこへ出かけられたか知りません」

門弟はそう言うと、すこし足を速めた。これ以上、源九郎と話したくないようだ。源九郎の話が信じられなかったらしい。

「今日は、このまま帰るか」

そう言って、源九郎は足をとめた。これ以上、門弟から話を訊いても、八代と相馬の行き先は分からないと踏んだのだ。

源九郎が椿の樹陰にもどると、まだ菅井も孫六の姿もなかった。いっときすると、孫六が帰ってきた。

源九郎は孫六が樹陰に身を隠すのを待って、

「孫六、何か知れたか」

と、訊いた。

「一膳めし屋の親爺から聞いたんですがね。三日ほど前《めえ》に、八代と相馬が店に立ち寄って、一杯飲んでたそうですぜ」

「それで、親爺から、何か聞けたのか」

「親爺は、八代が、このままにしてはおけない、と口にしたのを覚えてやした。何度か、同じことを口にしたらしい」

「分かったのは、それだけか」

「それだけで」

孫六が首をすくめて言った。

ふたりで、そんなやり取りをしているところに菅井がもどってきた。

菅井は樹陰に身を隠すと、

「すこしだが、八代と相馬の動きが知れたぞ」

そう切り出した。

「話してくれ」

源九郎が言った。

「八代と相馬は、古顔の門弟やむかし門弟だった男などを使って、きくやおれたちの動きを探っているらしい」

「八代たちが、探っている狙いは」

「仇討ちを仕掛けられる前に、きくたちだけでなく、おれたちも始末する気かもしれん」

菅井が険しい顔をして言った。

「ところで、八代と相馬の居所は、分かったか」

源九郎が訊いた。ふたりが、寝泊まりしているところはどこなのか、はっきりしなかったのだ。

「その話は聞けなかった」

菅井が渋い顔をした。

三

高野道場を探りに出かけた翌日、源九郎がきくたちとの稽古を終えて長屋の家にもどり、流し場で水を飲んでいると、戸口に近付いてくる足音が聞こえた。

腰高障子があいて、お熊が顔を出した。

「お熊、どうした」

源九郎が訊いた。

「通りにある八百屋のそばでね。旦那やおきくさんたちのことを訊いていたお侍が、いましたよ」

お熊が言った。八百屋は、長屋の路地木戸から二町ほど先にあった。長屋の女房連中が、野菜を買いにいく店である。

……まだ、きくやわしらのことを探っているようだ。

源九郎は執拗な男たちだと思った。何者かは知れぬが、相馬と八代に味方している者にちがいない。

長屋の路地木戸から離れた場所で探っているのは、以前、路地木戸の近くで探っていて気付かれた者がいるからだろう。

「まだ、いるかな」

源九郎が訊いた。

「いるはずですよ」

「そうか」

源九郎は、その男を捕らえて口を割らせれば、相馬と八代の隠れ家が分かるかもしれないと思った。

「お熊、よく知らせてくれた」

そう言って、源九郎は戸口から出た。

源九郎は、まず菅井の家に立ち寄り、八百屋の近くで長屋のことを探っている武士がいることを話した。

「そいつを捕らえて話を聞けば、相馬と八代の居所が知れるぞ」

菅井が言った。菅井も、源九郎と同じことを思ったようだ。

「安田の手も、借りるか」

「おれが、呼んでくる」

そう言って、菅井は戸口から出ていった。

いっときすると、菅井が安田を連れてもどってきた。

「菅井どのから、話を聞いたぞ。そいつをつかまえよう」

安田は意気込んでいる。

「生け捕りにしたいな」

源九郎が、菅井と安田に目をやった。

「峰打ちにすればいい」

すぐに、安田が言った。

「そうだな」

源九郎、菅井、安田の三人は、すぐに路地木戸にむかった。そして、表通りに出ると、八百屋のある方に一町ほど歩いて足をとめた。

八百屋の店の脇に、武士がひとり立ち、通りに目をやっているのが見えた。長屋のことを聞けそうな者が、八百屋に立ち寄るのを待っているのかもしれない。

「下手に近付くと、逃げられるな」

菅井が通りの先に目をやりながら言った。

「挟み撃ちにするか」

安田が言った。

「八百屋の先に出るまわり道はないぞ」

源九郎は、挟み撃ちにするのは難しいと思った。

「おれが、八百屋の向こう側にまわる」

安田はそう言うと、小袖の裾を帯に挟んで、尻《しり》っ端《ぱし》折《よ》りした。そして、懐から手拭いを出して頬被りした。

「この刀は、菅井どのが持ってきてくれ」

そう言って、大刀を鞘ごと抜き取って、菅井に渡した。そして、小刀は見えないように帯の後ろに差した。

「これなら、武士に見えまい」

安田が言った。小袖に角帯姿だったので、遊び人のように見える。

「武士には見えんな」

源九郎は苦笑いを浮かべた。

「おれが、八百屋を通り過ぎたら、ここを出てくれ」

安田はそう言い残し、八百屋にむかって歩きだした。

源九郎と菅井は路傍に立って、安田の後ろ姿に目をやっている。

安田は通行人を装い、八百屋の前を通り過ぎた。武士は安田に不審を抱かなかったらしく、八百屋の脇から動かなかった。

源九郎は安田が、八百屋の先まで行ったのを目にし、

「菅井、いくぞ」

と、声をかけた。

源九郎と菅井は、足早に八百屋にむかった。前方にいる安田は足をとめ、路傍に立って、八百屋に目をむけている。

「おれたちに、気付いたようだ」

源九郎が足を速めながら言った。

八百屋の脇にいた武士が通りに出て、源九郎たちに目をむけている。二十代半ばであろうか。浅黒い顔をした小柄な男だった。初めて見る顔である。

「走るぞ！」

菅井が言って、走りだした。

源九郎も走ったが、すぐに息が上がった。歳のせいで、走るのは苦手である。

菅井は足が速く、源九郎を残して武士に迫っていく。

武士は戸惑うような顔をして菅井を見ていたが、すぐに反転した。その場から逃げようとしたらしい。だが、武士は動かなかった。前方から、安田が近付いてきたからだ。

武士は、八百屋の脇の狭い空き地を背にして立った。前後からくる敵と闘うしかないと思ったようだ。

安田が武士の前に立った。菅井はすこし遅れ、安田からすこし離れた場所に足をとめた。源九郎は、喘《あえ》ぎながら菅井たちに近付いていく。

四

「おぬし、長屋を探っていたな」

安田が、手にした小刀の切っ先を武士にむけて訊いた。

「し、知らぬ」

武士が声を震わせて言った。

「な、長屋へ、連れていく」

源九郎が、喘ぎながら言った。通りには、行き交うひとの姿があった。この場で、武士から話を聞くわけにはいかない。

源九郎たち三人は、武士を三方から取り囲むようにして長屋にむかい、路地木戸をくぐった。

「おれの家でいい」

源九郎はそう言って、武士を家に連れ込み、座敷に上げた。

武士は青ざめた顔で、身を顫《ふる》わせている。

「わしの名は、華町源九郎。……おぬしの名は」

源九郎は先に名乗ってから、武士の名を訊いた。

「し、柴山橋之助《しばやまはしのすけ》」

武士が名乗った。源九郎が名乗ったので、隠す気がなくなったらしい。

「柴山な」

源九郎は、初めて聞く名だった。菅井と安田に目をやると、ふたりも知らないらしく首を傾《かし》げている。

「柴山、長屋を見張っていたのは、どういうわけだ」

源九郎が語気を強くして訊いた。

「お、おれは、見張ってなどいない」

柴山が声をつまらせて言った。

「では、八百屋の脇で、何をしていたのだ」

「ひ、一休みしていただけだ」

「一休みにしては長いな。わしらはずいぶん前から、おぬしがあの場に立って、長屋の方に目をむけているのを知っていたのだ」

「……！」

柴山の顔がひき攣《つ》ったように歪み、体の顫えが激しくなった。

「長屋を見張っていたな」

源九郎が念を押すように訊いた。

柴山は、ちいさくうなずいた。隠しきれないと思ったようだ。

「だれに頼まれた」

源九郎が、柴山を見すえて言った。

「ど、道場の者だ」

「高野道場だな」

「そうだ」

「頼んだのは、師範代の八代か、それとも相馬か」

源九郎が、ふたりの名を出して訊いた。

「師範代だ」

柴山は隠さなかった。源九郎たちとやり取りをしているうちに隠す気が薄れてきたにちがいない。

「八代は、なぜ、わしらのことを探るように頼んだのだ」

「ちかごろ、長屋に住む武士が他の道場の者に頼まれ、高野道場の門弟たちをつかまえて、道場の悪口を並べたり、あらぬことを吹聴したりしている。それで、長屋の武士たちの動きを探ってくれ、と頼まれたのだ」

柴山はそう言った後、

「おれも、おぬしたちが、門弟をつかまえて話を聞いているのを目にした」

と、言い添えた。

「そういうことか」

源九郎は、苦笑いを浮かべて一息ついた後、

「おぬし、八代は仇討ちのことを口にしなかったか」

と、穏やかな声で訊いた。

「聞いていない」

「ならば、話しておこう。この長屋には、きくという娘と恭之助という元服を過ぎたばかりの弟がいる。ふたりが、この長屋で連日剣術の稽古をしているのは、父の敵を討つためだ」

源九郎はそう言った後、

「姉弟の敵は、だれか知っているか。……師範代の八代源三郎と食客の相馬弥十郎だ」

と、柴山を見すえて言った。

「……！」

柴山が驚いたような顔をした。

「八代と相馬は、姉弟の父親、安川錬次郎を襲って殺した。後に残された姉弟は、父の敵を討つため、この長屋に越してきて剣術の稽古に励んでいる」

「なにゆえ、姉弟は剣術の稽古をするために、この長屋に越してきたのだ」

柴山が訊いた。

「ふたりは、わしを頼ってきたのだ。わしは殺された安川どのと、若いころ士学館で同門だったので、その縁を頼ってきたらしい」

「そうだったのか」

柴山は納得したような顔をした。

源九郎は一息ついた後、菅井と安田に目をやり、「ふたりからも、訊いてくれ」と小声で言った。

すると、菅井が身を乗り出すようにして、

「いま、八代はどこにいる」

と、訊いた。

「道場にいないときは、小柳町《こやなぎちよう》にいると聞いている」

柴山によると、八代は御家人の次男坊だが、いまは屋敷を出て、小柳町の借家にいるらしいという。

「小柳町のどこだ」

小柳町は高野道場のある平永町の隣町だが、一丁目から三丁目まであり、小柳町と分かっただけでは探すのがむずかしい。

「二丁目と聞いている」

柴山は、隠さずに話すようになった。源九郎たちの話を信じたからだろう。

それだけ分かれば、八代の住む借家はつきとめられるとみた。

「二丁目か」

「相馬は」

菅井が声をあらためて訊いた。

「ふだん、師匠の高野さまの家で寝泊まりしているようだが、相馬どのの家がどこにあるかは知らない」

「高野の家は」

「道場の裏手にある」

柴山によると、裏手の家には高野の妻女と老母も住んでいるという。

菅井が話をやめると、これまで黙って聞いていた安田が、

「高野は、此度の件にかかわりがないのか」

と、脇から口を挟んだ。

「くわしいことは、知らない」

柴山はそう言った後、いっとき間をとり、

「裏手の家で、師匠も八代どのや相馬どのと話すことがあるようだ」

と、つぶやくような声で言った。

柴山は長屋に連れていって、安田が預かることになった。安田はひとり暮らしだし、源九郎や菅井にくらべると、長屋にいることが多かったからである。

五

柴山から話を聞いた翌日の午後、源九郎は菅井と孫六の三人で、小柳町にむかった。柴山が話したことを確かめ、八代と相馬の居所を確認するためである。長屋を出るのを午後にしたのは、門弟たちのいなくなる夕方になってから、道場の裏手にある母屋を探ろうと思ったからだ。

源九郎たちは長屋を出ると、道場のある平永町ではなく、小柳町にむかった。先に、八代の住む借家を探すつもりだった。

源九郎たちは柳原通りを西にむかい、平永町の通りを経て小柳町に入った。

「二丁目だったな」

源九郎は、どの辺りから二丁目なのか分からなかったので、通りかかった土地の住人らしい男に聞くと、源九郎たちのいる通りを南に三町ほど歩いた先から二丁目だと教えてくれた。

源九郎たちは三町ほど歩くと、路傍に足をとめた。

「この辺りから、二丁目らしい。まず、武士の住む借家を探せばいい。そう多くはないだろう」

源九郎が言い、三人は手分けして探すことにした。

「半刻（一時間）ほどしたら、この場にもどることにしやすか」

孫六が言った。

「そうだな」

源九郎も、半刻ほど手分けして探せば、八代の住む借家は突きとめられるだろうと思った。

ひとりになった源九郎は、表通りをいっとき歩いてから、借家のありそうな路地を目にして入ってみた。路地をしばらく歩いたが、借家らしい建物はなかった。源九郎は通りすがりの職人ふうの男に、この辺りに借家はないかと訊くと、表通りにもどり、二町ほど歩いてから右手の路地に入ったところに借家があると教えてくれた。

「その借家に、武士が住んでいるかな」

さらに、源九郎が訊いた。

「誰が住んでるか、知りやせん」

職人ふうの男はそう言って、源九郎に頭を下げると、足早に通り過ぎた。

源九郎は男に教えられたとおり、行ってみた。表通りから右手の路地に入り、いっとき歩くと、路地沿いに仕舞屋《しもたや》があった。近くにあった八百屋の親爺に訊くと、その仕舞屋が借家だという。

「借家に住んでいるのは、武士ではないか」

源九郎が親爺に訊いた。

「住んでいるのは、情婦《いろ》のようですよ」

親爺が声をひそめて言った。

「情婦をかこっているのは、武士か」

源九郎が念を押すように訊いた。

「そうでさァ。剣術道場の指南役だと聞きやした」

「指南役か」

八代に、まちがいない、と源九郎は確信した。囲われている女は、八代の情婦であろう。

源九郎は通行人を装って、借家の前まで行ってみた。家の戸口近くまで来ると、なかから障子をあけしめするような音が聞こえた。だれかいるらしい。だが、男か女かも分からなかった。

源九郎は足音をたてないように家の前を通り過ぎ、すこし歩いたところで、踵《きびす》を返した。

……孫六だ！

通りの先に、孫六の姿が見えた。足早に、こちらに歩いてくる。孫六も、八代が囲っている情婦の家がここにあると聞いて、様子を見に来たようだ。

孫六が、路傍に足をとめた。源九郎の姿を目にしたらしい。

源九郎は足早に孫六のそばまで行った。

「あれが、八代が囲っている情婦の家ですかい」

孫六が、仕舞屋を指差して訊いた。

「そうだ」

「八代は家にいやしたか」

「分からん。だれかいるようだが、女か男かも分からんのだ」

「あっしが、探ってみやしょうか」

孫六が言った。

「いや、いい。今日のところは、八代の塒《ねぐら》が、分かればいいのだ」

ここで、八代が家にいることが知れても、どうすることもできない、と源九郎は思った、八代を討つのは、源九郎ではなく、きくと恭之助である。いまは、八代に気付かれないように身を引くしかないのだ。

源九郎と孫六が路地をもどると、こちらに歩いてくる菅井の姿が見えた。菅井も八代の住む借家が、ここにあると聞いて来たのだろう。源九郎と孫六は菅井に近付くと、背後にある借家を指差し、

「あれが、八代の家らしい。情婦をかこっているようだ」

と、源九郎が言った。

「どうする」

菅井が訊いた。

「いま、八代に手出しすることはできん。まだ、すこし早いが、道場の裏手にある母屋を探ってみるか」

源九郎は、途中、一膳めし屋に立ち寄って、腹拵《はらごしら》えでもして平永町へむかえば、日が沈むころになるのではないかと思った。

「そうするか」

すぐに、菅井は同意した。

源九郎たち三人は、来た道を引き返した。

源九郎たちが八代の住む借家から一町ほど離れたとき、借家の戸口に立って、その後ろ姿に目をやっている男がいた。八代である。

八代は、表通りにある飲屋で一杯やろうと思って借家を出た。そのとき、路地の先に源九郎たち三人がいるのを目にしたのだ。

……あやつ、伝兵衛店の華町ではないか！

八代は、その後ろ姿から源九郎と分かったようだ。

八代は源九郎たちの跡を尾け始めた。振り返っても、分からないように大きく間をとっている。

源九郎たちは、背後から尾けてくる八代に気付かなかった。小柳町から平永町に入ったとき、八代は足をとめた。そして、脇道に入り、足早に道場にむかった。先に道場にもどり、相馬たちに知らせようと思ったのだ。

六

源九郎たちは、平永町に入ってから通り沿いにあった一膳めし屋に入り、腹拵えをした。そして、陽が西の家並に沈んでから店を出た。高野道場が稽古を終え、門弟たちが帰るのを待ったのだ。

源九郎たちは高野道場の近くまで来ると、路傍の椿の樹陰に身を隠した。そこは、以前道場を見張った場所である。道場はひっそりとして、淡い夕闇につつまれている。稽古の音も人声も聞こえなかった。

「門弟たちは、帰《けえ》ったようですぜ」

孫六が言った。

「そのようだ。……近付いてみるか」

源九郎たちは、樹陰から出た。

路地には、人影がなかった。路地沿いにある店は表戸をしめて、ひっそりと静まっている。それでも、源九郎たちは不審を抱かれないように、すこし間をとって歩いた。

源九郎たちは道場の前まで来ると、足をとめた。表戸はしまっていた。ひっそりとして、ひとのいる気配はなかった。

「だれもいないようだ」

菅井が言った。

「裏手に行ってみるか」

道場の裏手には、道場主の高野と相馬がいるはずである。いま、相馬を討つことはできないが、裏手の家だけでも見ておきたい。

源九郎たちは足音を忍ばせ、道場の脇の暗がりをたどって裏手にむかった。裏手に家があった。思っていたより、大きな家で、四、五部屋はありそうだった。食客の相馬も、どこかの部屋で寝泊まりしているにちがいない。

源九郎たちは、家の前に植えてあったつつじの脇に身を寄せて、家のなかの様子を窺《うかが》った。

家のなかから、何人かの話し声が聞こえた。男の声である。

……ここに、相馬はいる！

と、源九郎は確信した。話し声のなかに、「相馬どの」と呼ぶ声が聞こえたのだ。

源九郎は、菅井と孫六に、路地にもどるよう手で合図した。これ以上、ここにいる必要がなかった。

源九郎たちは道場の脇までもどり、足音を忍ばせて表の通りにむかった。

そのとき、家の戸口の板戸がすこしずつあいた。家の者が、音のしないようにあけたらしい。

姿を見せたのは、三人の武士だった。相馬、八代、北村である。北村は、以前空き地にいるきくたちを襲ったひとりである。

「おれも行く」

そう言って、もうひとり家から出てきた。三十がらみと思われる武士だった。肩幅がひろく、どっしりとした腰をしていた。剣の遣い手らしく、身辺に隙がなかった。

「高野どの、ここはおれたちだけで」

相馬が言った。どうやら、武士は、道場主の高野らしい。

「いや、おれも行く」

高野は相馬たちといっしょに歩きだした。

四人の武士は、源九郎たちに気付かれないように間をとって跡を尾けていく。

一町ほど歩いたとき、

「おれと北村は、先に柳原通りに出る」

八代がそう言い残し、道沿いに並ぶ店の脇の小径《こみち》に入った。その小径をたどって、源九郎たちより先に、柳原通りに出るつもりらしい。挟み撃ちにするつもりなのだろう。

源九郎たちは、道場の前の道を柳原通りにむかって歩いた。夕闇はさらに深まり、道沿いの家々から淡い灯《あかり》が洩れている。

「旦那、急ぎやしょう。暗くなりやす」

そう言って、孫六が足を速めた。

源九郎たちは、しだいに暗さを増す夕闇に急《せ》かされるように足を速めた。

柳原通りに出ると、辺りは暗くなっていた。日中は賑やかな通りも、いまは人影もほとんどなくひっそりとしている。

いっとき歩くと、神田川にかかる和泉橋が見えてきた。淡い夜陰のなかに、橋梁が巨大な黒い龍でも思わせるように長く横たわっている。

「後ろから、二本差しが来やすぜ」

孫六が源九郎に身を寄せて言った。

「承知している。わしらを尾けているようだ」

源九郎は、「相手はふたりだ。襲うようなことは、あるまい」と小声で言い添えた。源九郎は胸の内で、襲ってきたとしても、菅井とふたりなら太刀打ちできるとみていたのだ。

菅井も、背後から来るふたりの武士に気付いていたらしく、源九郎と孫六のやり取りを黙って聞いていた。

源九郎たちが、和泉橋のたもと近くまで来たとき、

「旦那、柳の陰に！」

孫六が声を上げた。

和泉橋のたもとの岸に立つ柳の樹陰に人影があった。暗くてはっきりしないが、武士がふたりいるようだ。

ふたりの武士は、樹陰から出ると、源九郎たちの行く手を阻むように通りのなかほどに出てきた。すると、背後から来るふたりの武士が足を速め、源九郎たち三人に近寄ってきた。

「挟み撃ちだ！」

菅井が声を上げた。

「岸際に寄れ！」

源九郎は菅井と孫六に声をかけ、神田川の岸際に走った。前後から、攻撃されるのを防ごうとしたのだ。

源九郎と菅井の間に、孫六が立った。孫六を守るためにそうしたのである。

源九郎たち三人は、源九郎と菅井が刀をふるえるだけの間を取った。そこへ、四人の武士が、走り寄った。

源九郎の前には、相馬が立った。菅井には、八代が対峙《たいじ》した。孫六の前には北村が立ったが、北村はすこし身を引いている。相馬と八代が存分に刀が振るえるよう、ふたりから間を取ったらしい。それに、北村は、相手が年寄りの町人なので、いつでも斬れると踏んだのだろう。

高野はすこし身を引いて源九郎たちを見ていた。

そのとき、近くを通りかかったふたり連れの職人らしい男が、悲鳴を上げて逃げ出した。ふたりは、何人もの武士が斬り合いを始めるとみたらしい。それに、ふたりは酒に酔っており、足元がふらついていた。

七

源九郎は前に立った長身の武士を見て、

「おぬし、相馬弥十郎か」

と、訊いた。その長身の体軀《たいく》と隙のない身構えから、滝落しと呼ばれる秘剣を遣う相馬とみたのだ。

「いかにも」

相馬は否定しなかった。源九郎を討ち取る自信があるからだろう。

源九郎と相馬の間合は、およそ三間――。ふたりは、まだ刀の柄に右手を添えたままである。

「安川どのを斬ったひとりだな」

源九郎が相馬を見すえて訊いた。

「どうかな」

相馬は薄笑いを浮かべて言い、ゆっくりとした動きで刀を抜いた。

「やるしかないようだ」

源九郎も抜刀した。ただ、源九郎は、ここで相馬を斬り殺せない、と承知していた。相馬は、きくと恭之助の父の敵である。相馬を討つのは、きくと恭之助でなければならない。

源九郎が青眼に構えて、切っ先を相馬にむけると、相馬も相青眼にとった。相馬の手にした刀は、身幅の広い剛刀だった。刀身も二尺四寸余はあろうかと思われる長刀である。

相馬は、源九郎の構えを見て驚いたような顔をした。年寄りとみて侮っていた源九郎が、遣い手と分かったからだろう。

「おぬし、できるな」

言いざま、相馬はゆっくりとした動きで刀身を上げ、大上段に構えた。切っ先を上にむけ、刀身をほぼ垂直に立てた大きな構えである。長い刀身が青白くひかり、天空を突き刺すように長く伸びている。

……滝落しか！

源九郎は、上段からの太刀をまともに受けてはならぬ、と胸の内で声を上げた。

源九郎はすかさず、切っ先をすこし上げ、剣尖《けんせん》を大上段に構えた相馬の左拳につけた。上段に対応する構えである。

ふたりは、およそ三間の間合をとっていた。全身に気勢を込め、斬撃の気配を見せて気魄《きはく》で攻め合っている。

ふたりは、なかなか動かなかった。ふたりとも気魄で攻め、敵の気の乱れをとらえて斬り込もうとしているのだ。

そのとき、菅井は八代と対峙していた。菅井は居合の抜刀体勢をとり、八代は青眼に構えて切っ先を菅井の目につけていた。

……なかなかの遣い手だ。

と、菅井はみた。

八代の構えには、隙がなかった。剣尖が菅井の目につけられ、そのまま眼前に迫ってくるような威圧感があった。

一方、八代も、迂闊《うかつ》に踏み込めないとみていた。相手は、居合である。どのように斬り込んでくるか、読めないのだ。

八代は菅井と対峙したまま気魄で攻めていたが、居合の抜刀体勢をとったまま動かない菅井に焦《じ》れてきた。

一方、菅井にも戸惑いがあった。八代は、きくと恭之助の敵のひとりである。ここで、菅井が斬り殺すわけにはいかないのだ。

……手傷でも負わせるか。

菅井は、そう思った。

「いくぞ！」

八代が、先に動いた。

八代は青眼に構えたまま趾《あしゆび》を這《は》うように動かし、ジリジリと間合を狭め始めた。対する菅井は動かなかった。居合の抜刀体勢をとったまま、八代との間合を読み、抜刀の機をうかがっている。

……あと、半間！

菅井が、居合で抜刀して敵に斬りつける間合まであと半間と読んだ。

そのとき、八代の寄り身がとまった。このまま踏み込むと、居合の斬撃を浴びるとみたのである。

八代は全身に気勢を込め、斬撃の気配を見せると、

イヤアッ！

突如、裂帛《れっぱく》の気合を発した。気合で、菅井の気を乱そうとしたのだ。

だが、気合を発したことで、八代の剣尖がかすかに揺れた。これを目にした菅井が、突如仕掛けた。

菅井は居合の抜刀体勢をとったまま素早く踏み込んだ。

この動きに、八代が反応した。甲走った気合を発しざま、斬り込んできたのだ。

青眼から真っ向へ――。

刹那《せつな》、菅井は右手に一歩踏み込みざま、抜刀した。シャッ、と刀身の鞘走る音

がし、閃光《せんこう》が逆袈裟《ぎゃくげさ》にはしった。居合の神速の一撃である。

八代の切っ先は菅井の肩先をかすめて空を斬り、菅井の居合の一刀は、八代の左袖を斬り裂いた。

ふたりは一合した次の瞬間、大きく後ろに跳んだ。そして、八代は青眼に構え、切っ先を菅井にむけた。

八代の左袖が裂け、露になった左の二の腕に血の色があった。菅井の切っ先が、斬り裂いたのである。

菅井は、八代の首ではなく、左腕を狙って居合の一撃をはなったのだ。八代に致命傷を与えないためである。

八代はふたたび青眼に構え、切っ先を菅井の目につけた。一方、菅井は切っ先を背後にむけて脇構えにとった。抜刀し、刀を鞘に納める間がなかったので抜き身のまま構えたのだ。

「居合が、抜いたな」

八代が薄笑いを浮かべて言った。居合は抜刀してしまえば、遣えない。八代は菅井を斬れると踏んだらしい。

「八代、次は腕を落すぞ」

菅井が、八代を見すえて言った。菅井は、脇構えから居合の呼吸で斬り込むつもりだった。

八

相馬は大上段に構えたまま源九郎と対峙していた。

「うぬの頭、斬り割ってくれる！」

相馬が声を上げ、源九郎との間合を狭め始めた。

源九郎は動かなかった。剣尖を相馬の左拳につけたまま、相馬の斬撃の気配とふたりの間合を読んでいる。

……相馬の太刀を受けることはできぬ。

源九郎は、胸の内でつぶやいた。

相馬の上段からの太刀を受けると、強い斬撃のために受けた刀身ごと押し下げられ、頭を斬り割られると知っていたからだ。

相馬は一足一刀の斬撃の間境に迫ってきた。その長身と大上段の大きな構えとあいまって、上から覆い被さってくるような威圧感があった。

だが、源九郎は身を引かなかった。気を鎮めて、相馬との間合と斬撃の気配を読んでいる。

相馬が斬撃の間境まで、あと半間ほどに迫った。そのとき、ふいに相馬の寄り身がとまった。源九郎の構えがくずれず、気の乱れもないのを感知し、このまま斬撃の間境を越えるのは、危険だと思ったのかもしれない。

相馬は大上段に構えたまま、刀の柄を握った左拳をかすかに上下させた。斬り込みの気配を見せて、源九郎の気を乱そうとしたのだ。

だが、源九郎の気は乱れなかった。青眼に構えたまま剣尖をピタリと相馬の左拳につけている。

相馬の顔に、苛立《いらだ》ったような表情が浮いた。次の瞬間、相馬の全身に斬撃の気がはしった。

タアッ!

鋭い気合とともに、相馬が一歩踏み込みざま斬り込んだ。

上段から真っ向へ——。

稲妻のような閃光が疾《はし》った。刹那、源九郎は相馬の斬撃を受けずに背後に跳んだ。一瞬の反応である。

相馬の切っ先が、源九郎の鼻先をかすめて空を切った。

次の瞬間、源九郎はさらに後ろに跳んだ。相馬の二の太刀を恐れたのだ。

源九郎は相馬との間合を大きくとると、青眼に構えて切っ先を相馬の目にむけた。相馬はふたたび大上段に構えた。

「よく躱《かわ》したな」

相馬が、薄笑いを浮かべて言った。だが、目は笑っていなかった。刺すような目で、源九郎を見すえている。

「うぬの滝落し、見切った！」

源九郎が声高に言った。

「そうかな」

相馬の顔から薄笑いが消えなかった。

相馬は大きく間合をとったまま、大上段の構えをすこし変えた。刀の柄を握った両腕をさらに高くとり、刀身をほぼ垂直に立てたのだ。相馬の長刀が、天空を突くように長く伸びている。

……迅《はや》く斬り下ろすためだ！

と、源九郎は察知した。

源九郎は、剣尖を刀の柄を握った相馬の左拳につけて、すこし後じさった。このまま上段から斬り下ろす間合に入られると、相馬の太刀をかわせないとみたのだ。

相馬は、ジリジリと間合を狭めてきた。源九郎は身を引いた。だが、背後に神田川の岸が迫っている。

源九郎の足が、とまった。それ以上、下がれなくなったのだ。相馬は摺《す》り足で迫ってくる。

そのときだった。源九郎のそばにいた孫六が「こいつら、追剝《おいは》ぎだ!」と、十手を振り回して大声で叫んだ。孫六は、岡っ引きだったころ使った古い十手を持ってきたらしい。

一町ほど先に、数人の武士の姿があった。いずれも若侍である。道場の帰りにしては遅すぎるので、遊び仲間の若侍が、柳橋辺りで飲んだ帰りかもしれない。

若侍たちのなかから、「あそこだ!」「斬り合っているぞ」などという声が聞こえた。若侍たちは、足早に近付いてきた。五人いる。

五人の若侍は、源九郎たちに切っ先をむけている相馬たちの近くまで来て、足をとめた。相馬たちが、孫六のいう追剝ぎに見えなかったのだろう。

すると、菅井が、

「こやつら、武士を狙って刀を奪う賊だ」

と、声高に言った。

すると、若い侍のなかでは年長らしいひとりが、

「事情は知らぬが、双方とも手を引け。ここは、天下の大道だ！」

と、叫んだ。

この声を聞き、菅井に切っ先をむけていた八代が後じさって間合をとり、

「今日のところは、見逃してやる」

と、声高に言った。

「華町、命拾いしたな」

相馬が身を引いて踵を返した。

北村と高野も後じさって間合を取ると、八代と相馬につづき、抜き身を手にしたままその場を離れた。

源九郎は、年長らしい若侍に近付き、

「かたじけない。そこもとたちのお蔭で助かった」

と、礼を言った。

「あやつら、何者でござる」

年長らしい若侍が訊いた。他の四人の若侍も集まってきて源九郎に目をむけている。

「あやつら、道場の門弟たちだが、腕試しのつもりで通りかかった武士を襲い、刀を奪って自慢しているのだ」

源九郎は、咄嗟《とっさ》に思いついたことを口にした。

「そうだったのか」

年長の若侍は、納得したような顔をした。他の若侍もうなずいている。

源九郎はあらためて五人の若侍に礼を言い、その場を離れた。菅井と孫六も、若侍たちに礼を言ってから源九郎の後につづいた。

第五章　仇討ち

一

風があり、空き地の草がサワサワと揺れていた。きくたちが剣術の稽古に使っているはぐれ長屋の近くの空き地に、源九郎、安田、きく、恭之助、それに茂次の姿があった。茂次だけは、稽古場にしている空き地の隅の樹陰から表通りの方に目をやっている。茂次は空き地を見張っている者がいないか、目を配っていたのだ。

源九郎たちが柳原通りで襲われた翌日だった。源九郎は、敵である相馬と八代を討つための実戦的な稽古をするために朝から空き地に来ていたのだ。

「昨日、柳原通りで、相馬と八代たちに襲われたのだ」

源九郎が、きくと恭之助に目をやって言った。

「まことですか！」

きくが、驚いたような顔をして源九郎を見た。

「相馬の遣う滝落しと立ち合った」

源九郎が言うと、恭之助だけでなく安田も驚いたような顔をした。源九郎たちは、まだ安田にも昨日のことを話してなかったのだ。

「相馬を討つためには、滝落しと闘わねばならぬ」

「はい」

きくが、顔をひきしめて言った。目に鋭いひかりが宿り、白い頰がうっすらと朱に染まっている。

「今日は、おれが相馬になり、滝落しを遣ってみる。相馬だと思って、斬り込んでこい」

源九郎の声に、強いひびきがあった。

きくと恭之助はうなずき、真剣を手にして源九郎の前に立った。

「安田、仇討ちの助太刀をするつもりで、わしの正面に立ってくれ」

実際に仇討ちのときは、源九郎が相馬の正面に立つつもりだったが、今日は安田にまかせようと思ったのだ。

「心得た」

すぐに、安田は源九郎の前に立ち、きくに源九郎の左側に立つように指示した。恭之助は源九郎の背後である。

「その位置でいい。実際に、相馬を討つときは、わしが正面に立つ」

源九郎が言った。

すぐに、きくは源九郎の左側にまわり込み、恭之助は背後に立った。

「ふたりとも、もう一歩、身を引け。相馬が一歩踏み込んでも、切っ先のとどかない間合をとるのだ」

源九郎が指示すると、きくと恭之助は、すぐに動いた。

「おれは、正面だな」

安田が源九郎と対峙《たいじ》した。一足一刀の斬撃の間境の外に立っている。

「これが、滝落しの構えだ」

源九郎は大上段にとった。大きな構えである。

きくと恭之助は、さらに一歩身を引いた。源九郎の大きな構えを見て、圧倒されたらしい。

ただ、ふたりに驚きの色はなかった。すでに、滝落しを想定した稽古を積んでいたからだ。

すかさず、安田は青眼に構え、剣尖《けんせん》を源九郎が柄を握っている左の拳につけた。上段に対応する構えである。

きくは懐剣を構え、恭之助は刀を青眼にとった。源九郎との間合は、ふたりとも三間ほどある。一歩踏み込んでも、切っ先のとどかない遠間である。

「安田、きくたちに指図してくれ」

源九郎が言った。

「心得た」

安田は、きくと恭之助に目をやり、

「今の間合でいい。おれが、斬り込め、と声をかけるまで、仕掛けるな」

と、念を押すように言った。

「はい！」

きくと恭之助が、同時に応えた。

「相馬の遣う滝落しは、上段から真っ向へ斬り下ろす」

源九郎は、「やってみる」と言って、大きく一歩踏み込み、気合とともに、前に立っている安田にむかって斬り下ろした。むろん、源九郎は安田を斬らないようにゆっくりと刀身を下げた。

「上段からの太刀を、受けては駄目だ。受けた刀ごと斬り下げられる」

安田は言いざま、背後に跳んで、源九郎の切っ先をかわすと、

「恭之助、斬り込め！」

と、声をかけた。

その声に弾かれたように、恭之助は、源九郎の背後から踏み込み、

「父の敵！」

と叫びざま、斬り込んだ。

ただ、切っ先が、源九郎に触れないように手前で斬り下げている。

「きく、脇からだ！」

安田が叫んだ。

すると、きくも「父の敵！」と声を上げ、手にした懐剣を突き出した。突きである。きくも恭之助と同じように、源九郎の体に触れないように手前でとめた。

「なかなかいいぞ」

源九郎はそう言ったが、ふたりとも動きがすこし遅いと思った。相馬は、反転

して姉弟に斬りつけるかもしれない。

「いま、一手!」

源九郎が声をかけた。

ふたたび、源九郎は大上段に振りかぶり、安田は源九郎の前に立って青眼に構えた。

「きく、恭之助、ふたりとも、先程より半歩近づけ」

安田がふたりに指示した。

ふたりは、すぐに半歩、源九郎に近付いた。

「それでいい」

安田が姉弟に声をかけた。

「いくぞ!」

源九郎が声をかけ、前に立った安田にむかって大上段から斬り下ろした。

安田は背後に跳んで、源九郎の切っ先を躱《かわ》し、「恭之助、斬り込め!」と先程と同じように声をかけた。

そして、恭之助が斬り込むと、安田が「きく!」とだけ声をかけた。

きくは、素早く踏み込み、「父の敵!」と叫びざま、懐剣を突き出した。切っ先は、源九郎の手前でとまっている。

「いいぞ、ふたりとも、いまの動きを忘れるな」

源九郎が声をかけた。

源九郎たちが、半刻（一時間）ほど稽古をつづけると、きくと恭之助の動きがにぶくなってきた。疲れたのである。

「一休みしよう」

源九郎が、きくと恭之助に声をかけた。

二

源九郎たちが空き地で滝落しを想定した稽古をした日、菅井、孫六、平太、三太郎の四人は、高野道場のある平永町に来ていた。

暮れ六ツ（午後六時）を、すこし過ぎていた。辺りは、淡い夕闇につつまれている。通り沿いにある店は、商いを終えて表戸をしめていた。通りに人影はなく、高野道場もひっそりとしている。

菅井たちが平永町に来たのは、八代と相馬が、それぞれの隠れ家にいるかどうか確かめるためである。

源九郎たちは、八代と相馬の隠れ家を探った帰りに、柳原通りで襲われた。そのことから、八代たちは隠れ家を気付かれたと思い、居所を替えたのではないか、と源九郎たちはみたのだ。

源九郎たちは、あまり日時を置かずに、きくたちに敵を討たせるつもりでいた。そのためにも、八代たちの居場所をつかんでおきたかった。

菅井たちは、道場の手前の樹陰にいた。道場や裏手の家に高野や相馬がいて、通りに目をやっても、姿を見られないためである。

「そろそろ、行きやすか」

孫六が言った。菅井たちは、まず、道場の裏手の家に相馬がいるかどうか確かめるつもりだった。

「まだ、少し早いな」

菅井が、西の空に目をやって言った。

西の空には、まだ淡い残照がひろがっていた。まだ、裏手の家からでも菅井たちの姿を目にすることができるはずだ。

菅井たちは辺りが夜陰に包まれるまで、その場で待つことにした。それから小半刻（三十分）も経ったろうか。闇が深くなり、道場の裏手の家から洩れた灯《あかり》が、夜陰のなかにはっきりと見えるようになった。

「行くぞ」

菅井たちは、道場に足をむけた。

道場は夜陰につつまれ、星明かりのなかに黒い輪郭が見えるだけだった。その道場の前で、菅井たちは二手に分かれた。

菅井と平太が裏手の家にむかい、孫六と三太郎は道場の周辺を歩き、裏手の家へ行く道を探すのである。

「孫六、物音を立てるな」

菅井が言った。辺りは静寂につつまれていた。すこしの音でも、家にいる者の耳にとどくだろう。

「旦那たちこそ、高野たちに気付かれねえように探ってくだせえ。裏手の家には、腕のたつやつが何人もいるはずですぜ」

孫六が声をひそめて言った。

「油断はしない」

孫六の言うとおり、裏手の家には道場主の高野の他に相馬がいる。他にも、門弟がいるかもしれない。

「平太、行くぞ」

菅井が声をかけた。

「へい」

菅井と平太はその場を離れ、忍び足で道場の脇を裏手にむかった。

裏手の家から灯が洩れ、話し声が聞こえた。辺りが静寂につつまれているせいもあって、声の主が武士であることが知れた。何人かいるようだ。

菅井と平太は、家の脇に植えてあったつつじの陰に身を寄せた。そこは、源九郎たちが家のなかの様子を窺《うかが》った場所である。

家のなかの話し声が、はっきりと聞こえた。酒でも飲んでいるのか、瀬戸物の触れ合うような音がする。

「相馬と高野がいやす」

平太が声を殺して言った。

相馬と高野がいることは、菅井にも分かった。家のなかから、「相馬」と呼ぶ声が聞こえたからだ。相馬を呼んだのは、高野にちがいない。道場主の高野でなければ、相馬と呼び捨てにできないだろう。

もうひとり、武士がいるようだった。話のやり取りから、門弟らしいことは分かったが、何者か分からない。

「いまも、長屋の連中は仇討ちと称して、おぬしと八代の命を狙っているようだな」

高野と思われる武士が言った。

「長屋の貧乏牢人たちだが、侮れぬ。いずれも、腕がたつ。それに、おれたちを討つために、連日、きくと恭之助に稽古をつけているようだ」

相馬が言った。

「おぬしと八代だけでなく、おれも狙っているのではないかな。執拗に道場を探っているようだし、おれがおぬしたちに、安川を討つように頼んだことも知っているのかもしれん」

高野の声には昂《たかぶ》ったひびきがあった。

菅井は相馬と高野のやり取りを耳にすると、

……高野が、相馬たちに安川どのを討つよう頼んだのだ！

胸の内で、声を上げた。

平太も高野の話を耳にしたらしく、目を剝《む》いて息を呑んだ。夜陰に、平太の両目が、青白く浮き上がったように見えた。

それからいっときして、菅井と平太はその場を離れた。高野たちの話が、道場の門弟たちのことに移ったからだ。

菅井と平太が道場の前にもどると、孫六と三太郎の姿があった。

「裏の家には、高野と相馬がいる。もうひとり、武士がいるようだが、何者か分からぬ」

菅井はそう言った後、

「道場の裏手に行く道は、あったか」

と、孫六に訊いた。

「ありやした。道場から、すこし歩いたところに、細い道がありやしてね。その道が、家の脇までつづいてるようでさァ」

「その道をたどれば、家に行けるな」

「行けやす」

「仇討ちのときは、その道を使えばいい」

菅井が言った。

それから、菅井たちは、小柳町にむかった。もうひとりの敵、八代の住む妾《しよう》宅《たく》を確かめるためである。

妾宅に、八代はいた。菅井たちが足を忍ばせて家の前まで行ったとき、「八代さま」と呼ぶ女の声が聞こえたのだ。

すぐに、菅井たちは来た道を引き返した。これ以上、相馬たちのことで探る必要はなかったのである。

三

翌朝、源九郎の家に、七人の男が集まった。はぐれ長屋の用心棒と呼ばれる男たちである。

昨夜の内に、孫六と三太郎のふたりが、長屋をまわり源九郎の家に集まるように話したのだ。

源九郎は菅井たち六人が、座敷に腰を下ろすのを待って、

「菅井から、話してくれ」

と、声をかけた。

菅井は、孫六たちと平永町に行って、道場の裏手の家と小柳町にある八代の妾宅を探ったことを話してから、

「相馬は道場の裏手にある高野の家にいたが、聞き捨てならぬ話を耳にしたよ」

と、言い添えた。

「どんな話だ」

すぐに、源九郎が訊いた。

「八代と相馬が、きくたちの父親の安川どのを襲ったのは、高野の指図によるものらしい」

菅井が話すと、その場にいる六人の視線が菅井に集まった。

「やはりそうか。わしも、そんな気がしていた」

源九郎が、虚空を睨《にら》むように見すえてつぶやいた。

次に口をひらく者がなく、座敷は重苦しい沈黙に包まれていたが、

「高野も、討たねばならないな」

安田が言った。

「おれも、高野を討たねば、安川どのの無念は晴らせないとみている」

めずらしく、菅井が強い口調で言った。

その場にいた孫六たちからも、「あっしらも、助太刀しやす」「高野も討ちやしよう」などいう声が聞こえた。

「きくと恭之助に話し、高野も敵のひとりとして討つことにしよう。いずれにし

ろ、高野も討たねば、始末はつかぬとみていた」

そう言って、源九郎は男たちに目をやった。

「それで、いつやりやす」

孫六が身を乗り出すようにして訊いた。

「早い方がいいが、相馬と八代は別々に討たねばならない。それに、高野のこともある。……間を置くと、住処《すみか》から姿を消す恐れもある」

源九郎は、どうしたものかと思った。

「相馬と八代を、いっしょに討つのは無理だな」

安田が言った。

いっとき、座敷は静まっていたが、

「先に、八代を討ったらどうです」

と、孫六が男たちに目をやって言った。

「それしかないな」

源九郎も、先に八代を討とうと思った。八代は、道場から離れた小柳町の妾宅に寝泊まりしている。相馬や高野に気付かれずに、討てるかもしれない。

「ただ、八代を討った後、間をおかずに相馬も討った方がいいな」

源九郎は、間を置くと、相馬が姿を消す恐れがあるとみた。

「それで、いつ八代を討つ」

安田が訊いた。

「早い方がいいが、八代と立ち合う前に、きくと恭之助に、八代を相手にした稽古をしておきたい」

このところ、きくと恭之助は相馬の遣う滝落しを想定した稽古をつづけていた。いきなり、八代が相手では戸惑うだろう。

「おれも、ふたりに八代を敵とみた稽古をさせておきたい」

安田が言った。安田は、このところきくと恭之助の稽古相手になることが多かったのだ。

「四、五日、ふたりに八代を討つための稽古をさせよう。八代も、すぐに妾の家から姿を消すことはあるまい」

源九郎が言うと、その場にいた男たちがうなずいた。

話が済むと、安田は腰を上げ、

「さっそく、きくと恭之助に話して稽古を始める」

そう言って、座敷から出ようとした。

「わしも行こう」

源九郎も立ち上がった。安田といっしょに、きくたちに八代相手の稽古をさせようと思ったのだ。

安田と源九郎はきくたちの家に立ち寄り、ふたりを連れて稽古場にしている空き地にむかった。

空き地に着くと、源九郎がきくと恭之助に、父の敵のひとり、八代源三郎の隠れ家が知れたので、先に討つことを話した。

きくと恭之助は、驚いたような顔をして源九郎の話を聞いていたが、

「先に、八代を討ちます」

と、きくが言うと、恭之助もうなずいた。

「それで、今日から、八代を討つための稽古をする。……なに、変わった稽古をするわけではない。ただ、相手が上段ではなく、青眼か八相に構えるだけだ」

八代は上段に構えることはない、と源九郎はみていた。安田も同じようにみたらしく、源九郎の話を聞いてうなずいている。

「わしが、八代になる。きくと恭之助は、相馬を討つときと、同じ場所に立てばいい」

源九郎が言った。

「はい!」

きくが応え、すぐに源九郎の左側にまわり込んだ。恭之助は、背後である。

源九郎は手にした刀を青眼に構えた。おそらく、八代は青眼に構えるとみていた。八相だと、脇が空くからである。

「おれは、八代役の華町どのの前に立つのだな」

そう言って、安田が源九郎の前に立ち、相青眼に構えると、剣尖《けんせん》を源九郎の目につけた。腰の据わった隙のない構えである。

「では、まいる」

源九郎は青眼に構えたまま、摺り足で安田との間合をつめた。そして、一足一刀の斬撃の間境に迫ると、鋭い気合とともに斬り込んだ。

青眼から袈裟へ——。

安田は素早い動きで、源九郎の斬撃を受け、

「きく!」

と、声をかけた。

「父の敵!」

きくが叫びざま踏み込み、手にした懐剣を突き出した。懐剣は、源九郎の脇腹の手前でとまっている。

「恭之助、いまだ！」

安田が声をかけた。

すかさず、恭之助は源九郎の背後から踏み込み、袈裟に刀身を振り下ろした。恭之助の刀も、源九郎から一寸ほどの間を残して振り下ろされ、切っ先が空を切った。

「いいぞ。いまの動きだ」

安田が、きくと恭之助に声をかけた。

それから、一刻（二時間）ちかくも敵の八代を想定した稽古がつづき、きくと恭之助の息が上がってきたところで、源九郎が刀を鞘に納めた。

四

その日は、曇天だった。

源九郎、安田、きく、恭之助、茂次の五人は、はぐれ長屋を出た。八代を討つために小柳町にむかうのである。

八ツ（午後二時）過ぎだった。源九郎たちは、八代が高野道場の稽古を終えて妾宅にもどるのを待って、仕掛けるつもりだった。それで、長屋を遅く出たのである。ただ、菅井、孫六、三太郎、平太の四人は先に長屋を出て、小柳町にむかっていた。この日、源九郎たちは七人総出である。

源九郎は、きくと恭之助の顔が緊張で強張っているのを見て、

「きく、恭之助、案ずることはないぞ。稽古のとおりにやれば、かならず八代を討てるからな」

と、穏やかな声で言った。

「は、はい」

きくが、源九郎に縋《すが》るような目をむけて応えた。

そのとき、源九郎の脳裏に亡妻の千代の顔がよぎったが、

「わしと安田が、そばについている」

と、だけ言うと、視線を恭之助に移した。浮いた心で、仇討ちに臨めば不覚をとることになる、と源九郎は思い、己の心を窘《たしな》めた。

源九郎たちは、柳原通りを経て平永町を抜け、小柳町に入った。そして、小柳町二丁目に出て、八代の情婦《いろ》の住む借家近くまで来ると、路傍に足をとめた。

「華町の旦那、孫六ですぜ」

茂次が通りの前方を指差した。

見ると、孫六が足早に歩いてくる。そして、源九郎たちのそばまで来ると、足をとめた。

「八代はいるか」

すぐに、源九郎が訊いた。長屋を出たときから、気になっていたのだ。八代がいなければ、どうにもならない。

「いやす」

「そうか」

源九郎は、「菅井たちは、どうした」と訊いた。

「みんな、八百屋の脇にいやす」

そう言って、孫六が借家の近くにある八百屋を指差した。以前、源九郎はその八百屋に立ち寄って、親爺から話を聞いたことがあった。

「行ってみよう」

源九郎たちは足を忍ばせて、八百屋にむかった。

すると、菅井が八百屋の脇から顔を出し、源九郎たちに近寄ってきた。八百屋の脇には、三太郎と平太の姿もあった。

「八代はいるな」

源九郎が念を押すように訊いた。

「いる。情婦といっしょのようだ」

菅井が声をひそめて言った。

源九郎は、借家の周囲に目をやり、

「菅井、念のため、茂次とふたりで、家の裏手をかためてくれ」

と、頼んだ。源九郎たちが、借家に踏み込んだとき、八代が裏手から逃げる恐れがあったのだ。

「三太郎と平太は、どうする」

菅井が訊いた。

「この場に残しておいて、八代が逃げたら跡を尾けて逃げた先をつきとめるよう話してくれ」

「分かった」

菅井は三太郎たちに八代の跡を尾けるよう話した後、茂次とともに、忍び足で借家の脇を通って裏手にまわった。

「きく、恭之助、支度をしろ」

源九郎が、ふたりに声をかけた。

すぐに、ふたりは闘いの支度を始めた。ふたりは襷《たすき》をかけ、草鞋《わらじ》の紐を確かめた。そして、恭之助は袴の股立を取り、きくは着物の裾をとって帯に挟んだ。

源九郎と安田も支度したが、ふたりとも袴の股立をとって、刀の目釘を確かめただけである。

「わしが、八代を家の外に呼び出す。きくたちは、表にいてくれ」

「おれはどうする」

安田が訊いた。

「八代が外に出るまで、家の脇に身を隠していてくれんか」

「八代の後ろにまわるのだな」

そう言って、安田は忍び足で家の脇にむかった。

「八代を呼び出すぞ。きくと恭之助は、戸口から離れろ」

そう言い残し、源九郎はひとりで戸口に近付いた。

戸口の板戸は、しまっていた。源九郎が身を寄せると、家のなかからくぐもった男と女の声が聞こえた。八代が情婦と話しているらしい。

源九郎は板戸をあけた。土間につづいて狭い板間になっていて、その先に障子がたててあった。座敷になっているらしい。ひとのいる気配がしたが、話し声はやんでいた。座敷にいる八代と情婦は、板戸をあける音を耳にして話をやめ、戸口の様子を窺っているにちがいない。

「そこにいるのは、だれだ」

座敷から男の声がした。八代らしい。

「華町源九郎！　八代、姿を見せろ」

源九郎が声高に言った。

障子の向こうで、「おまさ、ここにいろ」という八代の声が聞こえた。情婦の名はおまさらしい。

すぐに、障子があいた。姿を見せたのは八代である。八代は大刀を手にしていた。

「華町か」

八代が土間にいる源九郎を見すえて言った。

「八代、表に出ろ！」

源九郎が声高に言った。

「外には、だれがいる」

「きくと恭之助、父の敵を討つためだ」

「餓鬼どもか」

八代の口許に薄笑いが浮いたが、目は笑っていなかった。源九郎を見すえたまま、手にした大刀を腰に差した。

「家のなかで、やるか」

「……」

八代は振り返って、障子の間から座敷に目をやり、「おまさ、すぐにもどる」と言い置き、戸口に足をむけた。

五

源九郎は先に土間から外に出ると、戸口から離れた。そして、家の前の路地に立った。路地の脇が丈の低い雑草に覆われていたが、足を取られることはなさそうだった。足場としては悪くない。

きくと恭之助は、路地からすこし離れた雑草地のなかに立っていた。

安田は、きくと恭之助より戸口に近いところにいた。安田は八代の背後に立って、逃げ道を塞ぐのだ。

八代はきくと恭之助を目にすると、「餓鬼どもに、何ができる」と嘯《うそぶ》くように言った。

「華町源九郎、安川姉弟に助太刀いたす！」

源九郎が声高に言い、八代と対峙《たいじ》した。

すると、きくと恭之助が雑草地から路地に走り出て、きくが八代の左手に、恭之助は背後にまわり込んだ。稽古のときと同じ位置をとったのである。安田は八代が逃げようとしないのを見て、恭之助の背後に下がった。きくと恭之助の闘いの様子次第で、助太刀にくわわるつもりらしい。

「大勢で、おれを襲うつもりか！」

八代が、顔に憤怒《ふんぬ》の色を浮かべた。

「わしらは、姉弟の助太刀だ」

言いざま、源九郎は抜刀した。

「おのれ！」

八代も刀を抜いた。

きくが懐剣を、恭之助は刀を抜いて構えた。稽古のときと同じように、きくは懐剣を胸の前に、恭之助は刀を青眼に構えた。

源九郎は青眼に構え、切っ先を八代にむけた。すると、八代は相青眼にとった。源九郎の読みどおりである。

源九郎と八代との間合はおよそ三間、まだ一足一刀の斬撃の間境の外である。

……なかなかの遣い手だ。

と、源九郎はみた。八代の青眼の構えには隙がなかった。腰も据わっている。ただ、気が異常に昂っているらしく、切っ先がかすかに震えていた。

「いくぞ！」

源九郎が声をかけ、足裏を摺るようにして間合を狭め始めた。すると、きくと恭之助もすこしずつ間合をつめてきた。さすがに、ふたりは緊張しているらしく、顔が強張り、目がつり上がっている。

源九郎と八代の間合は、すこしずつ狭まってきた。ふたりの間合が、一足一刀の斬撃の間境まで半間ほどに狭まったとき、八代が後じさり始めた。

……逃げる気か！

源九郎が、稽古のとき想定しなかった八代の動きである。

きくと恭之助も、八代の動きを見て足をとめた。ふたりの顔に戸惑うような色が浮いている。

「きく、恭之助、稽古どおりだ！」

源九郎が声を上げ、寄り身を速くした。

すぐに、八代との間合が狭まった。そして、斬撃の間境まであと一歩に迫ったとき、源九郎の全身に斬撃の気がはしった。

タアッ！

と、源九郎が鋭い気合を発して、斬り込んだ。

青眼から袈裟へ。

刹那《せつな》、八代も鋭い気合とともに袈裟に斬り込んだ。

袈裟と袈裟——。

ふたりの刀身が眼前で合致し、動きがとまった。

源九郎は八代の刀を押さえつけるように刀身を強く押しながら、

「きく！」

と、叫んだ。

きくは源九郎の声に、弾かれたように踏み込み、

「父の敵！」

と叫びざま踏み込み、手にした懐剣を八代の脇腹に突き刺した。

グッ、と呻《うめ》き声を上げ、八代が身をのけ反らせた。

「恭之助、いまだ！」

源九郎が叫んだ。

恭之助も「父の敵！」と叫び、八代の背後から袈裟に斬りつけた。その切っ先が、八代の肩から背まで深く斬り裂いた。

八代は体を恭之助の方にむけようとしたが、きくが懐剣を突き刺した姿勢で密着していたので、反転することができなかった。

八代の肩から背まで斬り裂かれた傷から血が迸《ほとばし》った。恭之助ときくにも血が飛び散り、袖や胸が血に染まった。

そのとき、八代の体が、大きく揺れた。立っていられなくなったらしい。

「きく、恭之助、引け！」

源九郎が声をかけた。

すると、きくと恭之助は、それぞれの武器を手にしたまま身を引いた。

グラッ、と八代の体が揺れた。八代は二、三歩、前によろめき、足がとまると、腰からくずれるように転倒した。

俯《うつぶ》せに倒れた八代は、両手を地面について上半身を起こそうしたが、頭を擡《もた》げただけである。いっときすると、八代は地面につっ伏したまま動かなくなった。息の音も聞こえない。

その場にいた源九郎、きく、恭之助、安田の四人、それに菅井たちが、倒れている八代のそばに集まった。

「きく、恭之助、みごとだ。父の敵のひとり、八代を討ったな」

源九郎が、きくと恭之助に目をやって言った。

きくが源九郎を見上げ、泣き出しそうな顔をした。思わず、源九郎はきくを抱き締めてやりたい衝動にかられたが、グッと胸の内で抑え、

「きく、恭之助、まだ敵は残っているぞ」

と、顔を厳しくして言った。

その後、源九郎たちは八代の亡骸《なきがら》を妾宅の脇まで運んだ。路地にそのまま残しておくわけには、いかなかったのだ。

六

「さて、どうする」

源九郎が西の空に目をやって言った。

空を覆った雲の切れ目から、かすかに陽の色が見えた。まだ、暮れ六ツ（午後六時）までには、間がありそうだ。

「華町、今日の内に、相馬と高野を仕留めたらどうだ」

菅井が言った。

「このまま道場に行って、敵を討った方がいいな。相馬たちは、今日の内にも八代が討たれたことを知って、姿を消すかもしれんぞ」

安田が身を乗り出すようにして言った。

「だが、相手は相馬と高野のふたりだぞ」

源九郎が言った。きくと恭之助は、ふたりを相手にした稽古はまったくしていなかった。それに、いずれも遣い手である。

すでに、源九郎は高野の指図で、八代と相馬が父の安川錬次郎を斬ったことをきくと恭之助には話してあった。

ただ、高野はきくと恭之助の父、安川錬次郎に直接手を下したわけではないので、源九郎たちはぐれ長屋の者たちが、きくたちに代わって高野を討ってもいいと思っていた。きくたちも、高野に憎しみは持っていても、父の敵とはみていなかったのだ。

「高野の相手は、おれがやってもいいぞ」

菅井が言った。

「菅井がか」

源九郎は、菅井ひとりに任せられないと思った。菅井は居合の達人だが、高野は道場主である。抜刀の一撃で仕留められないと、後れをとるかもしれない。

そのとき、源九郎のそばにいた茂次が、

「あっしらも、菅井の旦那に手を貸しやすぜ」

と、言った。そばにいた孫六や平太たちまで、菅井に手を貸すと言い出した。

「それなら、菅井たちにまかせるが、孫六と平太には別のことを頼む。相馬か高野が逃げたら跡を尾けてくれ」

源九郎が、孫六と平太に目をやって言った。源九郎はふたりを討つつもりでいたが、逃げられるかもしれない。

「承知しやした」

孫六が言うと、平太もうなずいた。

一行は、来た道を引き返し、高野道場のある平永町にむかった。道場が見えてくると、近くの樹陰に身を寄せた。そこは、源九郎たちが身を隠して、道場を見張った場所である。

「稽古は、してないようだ」

源九郎が言った。道場から稽古の音は聞こえなかった。静寂につつまれている。

「稽古を終えて、門弟たちは帰ったのだろう」

そう言って、安田は樹陰から出た。源九郎たちも、路地に出た、その場に身を隠す必要はないのだ。

源九郎たちは道場の前まで行き、なかの様子をうかがったが、思ったとおりひとのいる気配はなかった。

「裏手の家に、相馬と高野がいるかどうか、探らねばな」

源九郎が言うと、

「あっしが、みてきやしょう」

そう言い残し、孫六は以前見つけた道場の裏手につづいている道をたどって家にむかった。

源九郎たちは孫六に任せることにし、道場の脇の暗がりで待った。

いっときすると、孫六がもどってきた。

「相馬と高野は、いたか」

すぐに、源九郎が訊いた。

「ふたりとも、いやした」

孫六が早口で喋ったことによると、家のなかから相馬と高野の話し声が聞こえたという。ふたりが、相手の名を口にしたので分かったそうだ。

「ふたりの他に、門弟はいたか」

「分からねえ。あっしは、相馬と高野が話してるのを耳にしただけで」

「門弟がいても、ひとりかふたりのはずだ。これだけいれば、何とかなる」

菅井が、その場にいる男たちに目をやって言った。

「菅井の言うとおりだ」

源九郎は、「行くぞ」と声をかけ、孫六とともに道場の裏手につづく道をたどって相馬たちのいる家にむかった。安田、きくと恭之助、その後に菅井たちがつづいた。

源九郎たちは、家の脇に植えてあったつつじの脇に集まった。そこは、以前、源九郎たちが身を隠して、家の様子をうかがった場所である。

家のなかから、話し声が聞こえてきた。

「相馬と高野がいる」

源九郎が声を殺して言った。ふたりの声が、家のなかから聞こえてくる。他に、女の声が聞こえた。高野の妻女かもしれない。

「おれが、ふたりを外に呼び出してもいいぞ」

安田が言った。

すると、源九郎が、「安田に頼む」と声をかけた。

安田は、きくと恭之助に近付き、

「ふたりは、戸口から見えるところにいてくれ。相馬たちを外におびき出すために、ふたりの姿を見せるのだ」

と、話した。

きくと恭之助はうなずき、つつじの陰から出て戸口にむかった。

安田はふたりに、戸口からすこし離れた場所に立つよう、指示してから、

「相馬たちが顔を出したら、華町どのたちのところへもどってくれ」

と言い置き、ひとりで戸口に近付いた。

安田は戸口の前に足をとめ、きくたちやつつじの陰にいる源九郎たちに目をや

ってから、板戸をあけた。

安田はひとり、戸口から土間に入った。

源九郎たちはつつじの樹陰から、きくと恭之助、それに戸口に立った安田の背を見つめている。きくたちに何かあれば、すぐに飛び出すつもりだった。

七

安田は土間に立つと、障子をあけたままの座敷にいるふたりの武士に目をやった。相馬と高野である。ふたりの膝先に、貧乏徳利が置いてあった。ふたりは、湯飲みを手にしている。どうやら、ふたりは、酒を飲んでいたらしい。

「安田か！」

相馬が声を上げた。高野は驚いたような顔をして、安田を見つめている。

「安川錬次郎どのの敵を討ちにきた」

安田は戸口から脇に体を寄せ、

「外を見てみろ。安川どののふたりの子が、敵を討つために外で待っている」

そう言って、相馬に目をやった。

相馬は立ち上がり、戸口の外を見た。きくと、恭之助の姿があった。ふたりは仇討ちらしい身支度をととのえている。

「餓鬼どもが、おれを討つというのか」

相馬がせせら笑った。高野も薄笑いを浮かべている。

「相馬、高野、外へ出ろ」

安田はふたりに声をかけた。

「返り討ちにしてくれるわ」

相馬は脇に置いてあった大刀を手にして立ち上がった。すると、高野も大刀を手にして腰を上げた。相馬に助太刀する気になったか、この機会に安川の子を始末する気になったかである。

安田は戸口から出ると、きくと恭之助に、源九郎たちのいるつつじのそばに戻るよう指示した。

ふたりは、すぐに踵《きびす》を返し、源九郎たちのいる方へむかった。

相馬と高野も、安田につづいて戸口から出た。そして、足早に安田に近付いていく。

安田がきくたちにつづいてつつじの近くまで来たとき、源九郎と菅井が姿をあらわした。

相馬と高野は、源九郎たちを見て足をとめた。

「大勢で、騙し討ちか！」

相馬が、怒りに顔を染めて言った。

源九郎は相馬の前に立ち塞がり、安田、きく、恭之助の三人が、相馬の背後にまわり込んだ。そして、八代を討ったときと同じように、きくが相馬の左手に、恭之助は相馬の背後に立った。安田は、さらに身を引いて、恭之助の後ろにいる。

相馬は、正面に立った源九郎を睨むように見すえ、

「おれの滝落し、見せてくれるわ！」

叫びざま、大上段に構えた。

源九郎はすでに相馬の滝落しの構えを目にしていたので驚かなかった。きくと恭之助にも、驚きや恐れの色はなかった。

そのとき、相馬が動いた。大上段に構えたまますばやく後じさり、左手にいたきくに体をむけたのだ。

「きく、引け！」

源九郎が叫んだ。

きくは、慌てて身を引いた。

イヤアッ！

突如、相馬は甲走った気合を発してきくに迫り、きくの脇を走り抜けた。逃げたのである。

源九郎は相馬の予期せぬ動きに驚き、一瞬、その場に棒立ちになった。だが、すぐにわれに返り、

「待て！」

と、声をかけて後を追った。

きくと恭之助、それに安田も相馬の後を追った。

相馬の逃げ足は速かった。源九郎は歳のせいもあって、すぐに息が上がった。路傍に足をとめ、ゼイゼイと喉を鳴らした。

安田、きく、恭之助の三人は源九郎の脇を走り抜け、相馬の後を追っている。ただ、安田たちも、相馬に追いつけそうもなかった。相馬との間が、しだいにひろがっていく。

だが、相馬の背後に平太の姿があった。すっとび平太と呼ばれるだけあって、平太は足が速い。平太の後ろには、孫六がいる。ふたりは、相馬を尾けていく。

孫六は足が悪いので、前を行く平太とはすぐに間があいた。平太の前を行く相馬は、孫六たちに気付いていないようだ。

このとき、菅井は高野と対峙していた。菅井は居合の抜刀体勢をとり、高野は青眼に構えて切っ先を菅井にむけている。

茂次と三太郎は高野の背後にいたが、大きく間合をとっていた。ふたりは闘いにはくわわらず、高野の逃げ道を塞ごうとしていたのだ。

菅井と高野の間合は、およそ三間——。

まだ、一足一刀の斬撃の間境の外である。

高野は相馬が逃げ出したのを目にすると、いきなり動いた。青眼に構えたまま摺り足で菅井との間合を狭め始めた。

対する菅井は、動かなかった。高野を見つめながら、居合の抜刀の機をうかがっている。居合は抜き付けの一刀に勝負をかけるが、迅さと間合の読みが大事だった。わずかな差で、切っ先がとどかないことがある。

菅井が、居合を放つ間合まであと一歩と読んだときだった。ふいに、高野の寄り身がとまった。このまま斬撃の間境に踏み込むのは、危険だと察知したらしい。そして、一歩身を引こうとして体の重心を後ろ足にかけた。

この一瞬を、菅井がとらえた。一歩踏み込みざま、鋭い気合とともに抜刀した。

シャッ、と刀身の鞘走る音がし、閃光《せんこう》が逆袈裟に走った。

咄嗟《とっさ》に、高野は身を引いたが間に合わなかった。

ザクリ、と高野の肩から胸にかけて小袖が裂け、あらわになった胸に血の線がはしった。次の瞬間、傷口から血が迸った。

高野は血を撒きながらよろめき、足がとまると、腰から崩れるように転倒した。そして、地面に仰向けに倒れた。

菅井は血刀を引っ提げて、高野のそばに立つと、絶命しているのを確かめてから源九郎やきくたちに目をやった。

八

源九郎たちは、すぐに仰臥《ぎょうが》している高野のそばに集まった。

高野は目をあけたまま死んでいた。上半身は、血で真っ赤に染まっている。

源九郎は、高野に目をやりながら話しだした。

「高野は門弟たちの何人かが道場をやめて、安川どのが自邸でひらいていた稽古にくわわるようになったのを知って、八代と相馬に何とかするように話したらしい。それで、相馬たちは安川どのを襲ったようだ」

源九郎が言った。

「華町さまたちのお陰で、父の無念を晴らすことができました」

きくが涙声で言い、源九郎だけでなく、そばに立っている菅井や安田たちにも頭を下げた。恭之助もきくと一緒に頭を下げている。

次に口をひらく者がなく、その場は沈黙につつまれていたが、

「まだ、肝心の相馬が残っている」

と、源九郎が声をあらためて言った。

「相馬は、どこに逃げたのか」

安田は、相馬が走りさった先に目をやった。

「いま、孫六と平太が相馬の跡を尾けているはずだ。逃げた先が分かれば、明日にも討つつもりだ」

源九郎は、間を置かずに討ちたいと思っていた。そのためには、相馬の逃走先をつかまねばならない。

「こやつ、どうする」

菅井が倒れている高野に目をやって訊いた。

「この場に、残しておけないな」

源九郎は、八代のときと同じように、高野の亡骸を家の戸口まで運んでおこうと思った。

「手を貸せ」

源九郎はその場にいる男たちとともに、高野の亡骸を家の戸口まで運んだ。身を隠していたつつじの植え込みの近くまで来たとき、家の表戸をあける音がした。

背後で女の悲鳴が聞こえたが、源九郎たちは振り返らなかった。つつじの植え込みのそばを通って、道場の脇に足をむけた。女の悲鳴は、泣き声にかわった。その声は、源九郎たちが道場の前に来るまで聞こえていた。


そのころ、孫六と平太は相馬の跡を尾けていた。

前を行く相馬は足早に歩き、尾行者がいないか確かめるように何度も振り返っていた。平太の姿は目に入ったはずだが、見覚えがないのか、尾行者とは思わなかったようだ。

相馬は平永町から柳原通りに出た。そして、和泉橋の方に足をむけた。すでに、暮れ六ツを過ぎていたので、通りは淡い夕闇につつまれていた。ふだんは賑やかな通りも、いまは人影がすくなく、ときおり遅くまで仕事をした職人や一杯ひっかけた大工らしい男などが、通りかかるだけである。

相馬は柳原通りに入ると、歩調を緩めた。それに、背後を振り返って見ることもなくなった。尾行者はいないと思ったのだろう。

平太は通行人を装い、相馬から半町ほど離れて跡を尾けていく。孫六は、平太の背後から尾けていた。

前を行く相馬は神田川にかかる和泉橋のたともを過ぎ、さらに東にむかった。そして、前方に新シ橋《あたらばし》が近付いてきたところで、右手に折れた。通りに入ったらしい。その辺りは豊島町《としまちよう》だった。

平太は走った。相馬の姿が見えなくなったからだ。背後の孫六も走りだしたが、足が悪いせいもあって、平太との間は大きくあいた。

平太は相馬が入った通りまで来て、通りの先に目をやったが、相馬の姿はなかった。通り沿いの店は、表戸をしめてひっそりとしていた。ただ、夜まで店をひらいている飲み屋や一膳めし屋などには灯《あかり》の色があり、酔客の声などが聞こえてきた。

平太が通りに入ったところで戸惑っていると、背後から孫六が近付いてきた。

「どうした、平太」

すぐに、孫六が訊いた。

「やつは、この道に入《へえ》ったんだが、消えちまった」

平太が道に入ったとき、相馬の姿が見えなかったことを話した。

「やつの塒《ねぐら》は、この近くにあるかも知れねえ」

孫六が言った。

「近所で訊いてみやすか」

「ひらいている店に寄って、訊けば分かるかもしれねえ」

孫六と平太は道を歩いた。

「そこの飲み屋で、訊いてみるか」

孫六が通り沿いにある飲み屋を指差して言った。

店先に縄暖簾が出ていた。戸口から淡い灯が洩れ、酔客らしい男の濁声《だみごえ》が聞こえた。客がいるらしい。

孫六が先に店に入り、平太は後についてきた。

店のなかに、飯台が置かれ、その両側に客らしい男がふたり、腰掛け代わりの空樽に腰を下ろして飲んでいた。だいぶ、出来上がっているらしく、ふたりの顔が赭黒《あかぐろ》く染まっている。

「だれかいねえかい」

孫六が店の奥に声をかけた。すると、店の奥の板戸があき、汚れた前垂れをかけた男が出てきた。店の親爺らしい。

「いらっしゃい」

親爺が、愛想笑いを浮かべて言った。

「ちょいと、訊きてえことがあるんだ」

そう言って、孫六は懐に忍ばせてあった古い十手を見せた。岡っ引きと思わせたのである。

「親分さんでしたかい」

親爺は揉み手をしながら近付いてきた。

「柳原通りから、辻斬りらしい二本差しを追って来たんだが、この道に入《へえ》ってすぐに見失っちまったのよ。……この辺りに、二本差しの住む家はねえかい」

孫六が訊いた。

「この先に、二本差しの住んでいる家があると聞いたことがありやすが……」

そう言って、親爺は首を捻った。はっきりしないらしい。

すると、客のひとり、浅黒い顔をした男が、

「おれも、聞いたことがありやすぜ」

と、孫六に顔をむけて言った。

「確か、この先にある路地だと聞きやした」

男は、借家らしい、と言い添えた。

「この先ってえなァ、どの辺りだい」

孫六は、この先だけでは探しようがないので、そう訊いた。

「一町ほど歩くと、酒屋がありやしてね。その店の脇の路地を入った先だと聞きやしたが……」

男は語尾を濁した。はっきりしないらしい。

「手間を取らせたな」

そう言い置いて、孫六たちは飲み屋を出た。

孫六と平太は、飲み屋にいた男に教えられたとおり、酒屋の脇の路地に入って

しばらく歩いたが、借家らしい建物はなかった。念のため、路地で顔を合わせた土地の住人らしい男に訊いたが、借家は見つからなかった。

孫六と平太は、暗くなったこともあり、諦めて路地を出た。ふたりはこのまま、はぐれ長屋に帰るつもりだった。

第六章　成　就

一

源九郎の家に、七人の男が集っていた。源九郎をはじめとするはぐれ長屋の用心棒と呼ばれる男たちである。

源九郎たちが、きくと恭之助とともに高野を討った翌日だった。源九郎が孫六と平太に話して、仲間たちを集めたのだ。

「孫六、相馬の跡を尾《つ》けたときのことを話してくれ」

源九郎が孫六に目をやって言った。

「相馬は、平永町から柳原通りに出たんでさァ」

そう前置きし、孫六は柳原通りを新シ橋の近くまで尾け、相馬が豊島町の道に入ったことを話した。

「あっしらもその道を入ったんだが、相馬の姿が見当たらねえ」

孫六は道沿いにあった飲み屋で話を訊き、店から一町ほど先にある路地に武士の住む家があると聞いて行ってみたが、見つからなかったことを言い添えた。

「相馬が、豊島町の道に入ったことはまちがいないのだな」

源九郎が念を押すように訊いた。

「まちがいねえ」

孫六が言うと、平太がうなずいた。

「その辺りを探せば、相馬の隠れ家がつかめるのではないか」

源九郎が言った。

「あっしもそうみてやす」

「これから、豊島町に出かけて相馬の塒《ねぐら》を探しやすか」

黙って聞いていた茂次が、口をはさんだ。

「それがいい」

すぐに、安田が言った。

「七人もで行くことはないな。わしと安田は長屋に残って、きくと恭之助の剣術の稽古の相手をしたいのだが」

源九郎が言うと、安田も承知した。

「豊島町には、おれたち五人で行くか」

菅井が言うと、座敷にいた孫六、茂次、平太、三太郎の四人がうなずいた。


さっそく、菅井たち五人は長屋を出て、豊島町にむかうことになった。五人は竪川沿いの道を西にむかい、大川にかかる両国橋を渡って、賑やかな両国広小路を抜けて柳原通りに出た。そして、郡代《ぐんだい》屋敷の脇を通り過ぎた。そこまでくれば、豊島町はすぐである。

新シ橋のたもとを過ぎて、豊島町まで来ると、

「こっちでさァ」

孫六が言って、左手の通りに入った。

昨日、孫六と平太が来たのは夕暮れ時だったので、人影があまり見られなかったが、今日は行き交うひとの姿が目についた。近所に住む町人が多いようだ。

孫六と平太が先にたち、昨日飲み屋で話を聞いた酒屋の前まで来た。そして、酒屋の脇にある路地を入ってすぐに足をとめた。

「この路地に、武士の住む家があると聞いたんでさァ。武士は相馬にまちげえねえ」

　孫六が男たちに目をやって言った。

「長屋ではあるまい」

　菅井が訊いた。

「借家と聞きやした」

「どうだ、手分けして探さないか。五人いっしょに歩きまわることはないだろう」

　菅井が、四人に目をやって言った。

「そうしやしょう」

　茂次が言った。

　孫六たちは、その場で分かれることにした。孫六と平太、茂次と三太郎が組み、菅井はひとりで相馬の塒を探すことになった。

　ひとりになった菅井は、酒屋の脇の路地を歩きながら借家らしい家屋を探した。しばらく歩いたが、それらしい家屋はなかった。それに、路地沿いには空き地や笹藪《ささやぶ》などが目立つようになった。

……この路地では、ないな。

そう思い、菅井は踵《きびす》を返した。そして、来た道をもどった。念のため、近所の住人らしい初老の男に、この近くに武士の住む借家はないか、訊いてみた。

「ありやすよ」

すぐに、男が答えた。

「どこにある」

思わず、菅井は身を乗り出した。

「ここを表通りの方に歩くと、八百屋がありやす」

「あったな」

菅井は、路地沿いに小体《こてい》な八百屋があったのを思い出した。

「その八百屋の脇に細い路地がありやしてね。そこを入った先に、借家がありやす」

「行ってみるか」

菅井は男に礼を言って、すぐに来た道を引き返した。

八百屋のそばまで行くと、店の脇に細い路地があった。路地の入り口に、椿が深緑を茂らせていたこともあって、見落としたらしい。おそらく、孫六と平太も気付かなかったのだろう。

路地を一町ほど歩くと、板塀をめぐらせた仕舞屋《しもたや》があった。その家の前は吹抜《ふきぬき》門《もん》になっていた。門といっても丸太を二本立てただけの簡素なもので、門扉《もんぴ》もなかった。

「あの家か」

菅井は仕舞屋の方へ歩きかけた。その足が、ふいにとまった。板塀の脇に人影があるのを目にしたのだ。

……なんだ、孫六と平太ではないか。

菅井が胸の内でつぶやいた。板塀の脇に身を寄せて、家の様子をうかがっているふたりは、孫六と平太だった。

菅井は足音を忍ばせて、孫六たちに近付いた。

菅井が孫六たちの背後まで行くと、ふいに孫六が振り返った。孫六はギョッとしたような顔をした。咄嗟《とっさ》に、菅井と分からなかったらしい。

「す、菅井の旦那か。脅かさねえでくだせえ」

孫六が声をつまらせて言った。孫六の脇にいた平太も、驚いたような顔をして菅井を見ている。

「相馬の住む家か」

菅井が、声をひそめて訊いた。

「そうでさァ」

孫六が目をひからせて言った。

「相馬は、家にいるのか」

「いるようですぜ」

孫六によると、家のなかから男と女の声が聞こえたという。ふたりの会話のなかで、女が、相馬の名を呼んだそうだ。

「女は相馬の情婦《いろ》か」

「まだ、分からねえ。下働きかもしれねえし、女房かもしれねえ」

孫六が言った。

「女のことは、どうでもいいな。相馬の隠れ家が、分かればいいのだ」

菅井は、孫六たちといっしょにその場を離れた。

菅井たちが路地に出て、表通りの方にむかっていっとき歩くと、背後から走り寄る足音が聞こえた。

振り返って見ると、茂次と三太郎が走ってくる。菅井たちは路傍に足をとめ、茂次たちが追いつくのを待った。

「相馬の塒は見つかったぜ」

孫六が言い、茂次たちに相馬の住む借家のことを話した。

二

「相馬の居所が、分かったか！」

源九郎が声を上げた。

そこは、源九郎の家だった。菅井たち五人がはぐれ長屋に帰った後、安田にも声をかけて七人で集まったのだ。

「豊島町の借家に、女といっしょにいやした」

孫六が、女は相馬の女房か情婦か、それとも下働きなのか分からない、と言い添えた。

「女はどうでもいい。きくたちの敵は、相馬ひとりだ」

源九郎が言った。双眸《そうぼう》に強い光が宿っている。

次に口をひらく者がなく、七人の息の音だけが聞こえたが、

「いつ、相馬を討つ」

と、菅井が源九郎に目をやって訊いた。

「早い方が、いいが。……明後日はどうだ」

源九郎は、明日、きくと恭之助に話し、明後日、朝のうちに長屋を出て豊島町へむかえばいいと思った。

「明後日だな。……明日、相馬に知れないように、豊島町の家にいるかどうか確かめてこよう」

そう言って、菅井が孫六たちに目をやると、孫六たちがうなずいた。

翌日、源九郎がきくと恭之助に会い、相馬の居所が知れたことと、明日敵を討つために豊島町にむかうことを話した。

「明日ですか」

きくが、顔を引き締めて言った。

「そうだ。……今日は、軽く稽古をしておくか」

源九郎は、相馬と闘うときのきくと恭之助の立ち位置と間合、それにどう斬り込むか、安田も加えた四人で確かめておこうと思った。

「はい！」

きくと恭之助が、ほぼ同時に応えた。

源九郎たち三人は、途中安田の家に寄り、四人で稽古場に使っている空き地にむかった。

その日、源九郎たちは、疲れない程度に稽古し、それぞれの家に帰った。今日は体を休め、明日に備えるのである。

翌朝、明け六ツ（午前六時）ごろ、菅井、孫六、平太の三人が、先に長屋を出た。豊島町にむかい、借家に相馬がいるかどうか確かめるのだ。

菅井たちが長屋を発《た》ってから半刻（一時間）ほどして、源九郎、安田、茂次、三太郎、きく、恭之助の六人は、長屋を出た。相手は相馬ひとりなので、四人もついていくことはなかったが、これまできくと恭之助の仇討ちのために動いてきた者たちなので、いっしょにいくことにしたのだ。

茂次の先導で、源九郎たちは柳原通りから豊島町に出て、酒屋の脇の路地に入った。

路地をいっとき歩くと、茂次が足をとめ、

「そこの八百屋の脇を入《へえ》った先でさァ」

と言って、椿のそばの路地を指差した。

源九郎たちが路地に入り、すこし歩くと、茂次が路地沿いにある仕舞屋を指差

し、

「あの家が、相馬の家ですぜ」

と、声を低くして言った。家は板塀でかこわれ、ひっそりとしていた。付近に人影はない。

「相馬はいるかな」

源九郎がそう言ったとき、板塀の陰から路地に男が出てきた。平太である。平太は、足早に源九郎たちのそばに来た。

「相馬はいるか」

すぐに、源九郎が訊いた。

「いやす。菅井の旦那たちが、見張ってまさァ」

平太が、菅井たちは板塀の陰にいることを話した。

「行ってみよう」

源九郎たちは足音を忍ばせ、仕舞屋にむかった。近くまで来ると、板塀の陰に身を寄せている菅井たちの姿が見えた。その辺りは路地沿いに群生している丈の高い雑草の陰になり、遠くからだと見えないのだ。

菅井は源九郎たちの姿を目にすると、立ち上がって、足音をたてないように近付いてきた。

「相馬は家にいる。他に女がいるが、ふたりだけのようだ」

菅井が声をひそめて言った。

「相馬を外に連れ出すが、場所はどこがいいかな」

そう言って、源九郎は周囲に目をやった。

相馬を家から連れ出し、仇討ちのできそうな場はなかった。家は板塀で囲われ、家の前の路地は細かった。路地沿いには、丈の高い雑草が群生している。きくや恭之助が、稽古のときと同じように相馬の背後や脇にまわり込めるような場所は見当たらなかった。

「家の前しかないな」

菅井が言った。

源九郎が板塀の隙間からなかを覗くと、家の前は庭になっていた。庭といっても、雑草が生え、板塀の近くに梅と紅葉が植えられているだけである。植木屋の手が入らないとみえ、梅も紅葉も、ぼさぼさだった。

ただ、雑草の丈はわずかで、足をとられるようなことはなさそうだった。

「家から、外に連れ出そう」

源九郎が、脇にいるきくたちに目をやって言った。

「その前に、身支度を整える」

源九郎は懐から用意した細紐を出して襷《たすき》をかけ、袴の股立をとった。安田も同じように襷をかけ、袴の股立をとった。

きくと恭之助も、仇討ちのための支度を始めた。八代を討ったときと同じように、ふたりは襷で両袖を絞り、草鞋《わらじ》の紐を確かめた。さらに、恭之助は袴の股立を取り、きくは着物の裾をとって帯に挟んだ。

源九郎はきくたちが身支度を終えるのを待って、

「いくぞ」

と、ふたりに声をかけた。

源九郎、安田、きく、恭之助の四人だけが、吹抜門からなかに入った。菅井や孫六たち長屋の者は、吹抜門の近くで待機した。源九郎たちに何かあれば、踏み込んで助太刀するつもりだった。

源九郎たち四人は門から入り、戸口近くまで来て足をとめた。

「わしが、相馬を呼び出す。きくたちは、戸口近くで待っていてくれ」

源九郎が小声で言うと、

「おれときくたちは、戸口の脇に隠れている。相馬の後ろにまわり込まねばならないからな」

安田が声をひそめて言った。安田の双眸が、鋭いひかりを宿していた。相馬との闘いを前にし、闘気が漲《みなぎ》っているようだ。

きくと恭之助も気が昂《たかぶ》っているらしく、目がつり上がり、体がかすかに顫《ふる》えている。

「案ずるな。稽古どおりやればいい」

源九郎は穏やかな声で姉弟に言い、ひとり戸口にむかった。

三

源九郎は戸口の板戸をあけた。

家のなかは、薄暗かった。土間の先が、すぐに座敷になっている。その座敷に、相馬と女の姿があった。女は色白の年増だった。妻か情婦であろう。

相馬は手に湯飲みを持っていた。女が淹《い》れた茶を飲んでいたようだ。

「華町か！」

相馬は声高に言い、手した湯飲みを膝の脇に置いた。

「相馬、外へ出ろ」

源九郎が相馬を見すえて言った。

「ひとりか」

相馬が、膝の脇にあった大刀を手にして訊いた。

「ひとりで来るはずはなかろう。外で、きくと恭之助が待っている」

「外へ、出ないと言ったら」

「ここに踏み込むまでだ」

相馬は外へ出る、と源九郎はみていた。相馬の遣う滝落しは、大上段に振りかぶるので、鴨居のある狭い部屋のなかで遣うのはむずかしいはずだ。

「よかろう」

相馬は大刀を手にしたまま立ち上がった。

「お、おまえさん、このひとは」

女が声を震わせて訊いた。

「おれん、ここで待っていろ。こやつを始末してくる」

相馬は女に声をかけ、戸口に足をむけた。女の名は、おれんらしい。

源九郎は先に出て、吹抜門の近くに立っていた。安田ときくたちは、家の脇に身を隠している。

相馬は戸口から出ると、周囲に目をやった後、源九郎に近付いてきた。そして、源九郎から五間ほどの間合をとって足をとめ、

「ふたりの餓鬼は、どこにいる」

と、声高に訊いた。

このとき、家の脇に身を隠していた安田、きく、恭之助の三人が飛び出し、相馬の背後にまわり込んだ。さらに、三人は素早く動いた。きくが相馬の左手に、恭之助は背後に立った。安田は恭之助の後ろである。

安田と恭之助は刀を手にし、きくは懐剣を握りしめている。

源九郎は、相馬の前に立った。四人の位置は、高野道場の裏手にあった家の前で立ち合ったときと同じである。いや、これまでの稽古でも、きくと恭之助は同じ位置取りで頭のなかに描いた相馬と闘ってきたのだ。

「大勢で取り囲んで、騙し討ちか！」

相馬が怒りに顔を染めて言った。

「おぬしらも、安川錬次郎どのを何人もで襲ったではないか」

源九郎が、相馬を見すえて言った。

相馬は抜刀すると、

「おのれ！　おれの滝落しで、おぬしらの頭を斬り割ってくれる」

と、叫びざま刀を大上段に構えた。長身とあいまって、上から覆い被さってくるような威圧感がある。

源九郎も刀を抜き、青眼に構えた。そして、剣尖《けんせん》を刀の柄を握った相馬の左拳につけた。上段に対応する構えである。

ふたりの間合は、およそ三間──。まだ、一足一刀の斬撃の間境の外である。

きくと恭之助も、源九郎とほぼ同じ三間ほど間合をとっていた。ふたりの切っ先が、小刻みに震えている。ふたりは異常に気が昂っているらしい。

源九郎と相馬は、対峙《たいじ》したまま動かなかったが、先《せん》をとって仕掛けたのは源九郎だった。

源九郎は青眼に構えたまま趾《あしゆび》を這《は》うように動かし、ジリジリと相馬との間合を狭め始めた。

対する相馬は、動かなかった。大上段に構えたまま源九郎との間合を読み、滝落しを仕掛ける機をうかがっている。

……あと、半間！

源九郎は、斬撃の間境まで半間と読んだ。

相馬の全身に気勢が満ち、斬撃の気が高まってきた。いまにも、大上段から真っ向へ斬り込んできそうである。

ふいに、源九郎は寄り身をとめた。このまま斬撃の間境を越えると、相馬の滝落しをあびるとみたのだ。

源九郎は、半間の間合をとったまま動かなかった。対する相馬も、動かない。ふたりは斬撃の気配を見せたまま気魄《きはく》で攻め合っていた。気攻めである。

相馬が焦れた。大上段に振りかぶっていたせいもあって、早く滝落しで源九郎を斃《たお》し、きくと恭之助も始末したかったのだ。

イヤアッ！

相馬が裂帛《れっぱく》の気合を発し、踏み込みざま真っ向から斬り下ろした。滝落しである。

咄嗟に、源九郎は右手に跳びざま袈裟に斬り下ろした。

相馬の切っ先は、源九郎の左袖を斬り裂き、源九郎の切っ先は、相馬の左の二の腕をとらえた。

そのとき、恭之助が相馬の背後から踏み込んで、斬りつけようとした。

「まだだ！」

源九郎が叫んだ。相馬が反転すれば、恭之助を斬ることができる。

源九郎は恭之助が一歩身を引くのを見て、ふたたび相馬の前にまわり込んだ。

そして、青眼に構え、切っ先を相馬の目につけた。

相馬は大上段にとり、滝落しの構えをとっている。相馬の左の袖が裂け、あらわになった二の腕に血の色があった。

一方、源九郎も左袖を裂かれ、二の腕が見えていたが、血の色はなかった。相馬の切っ先は、源九郎の肌までとどかなかったのだ。

「滝落し、見切った！」

源九郎が言った。

「おのれ！」

相馬の顔が、憤怒にゆがんだ。

四

源九郎と相馬は、ふたたび三間ほどの間合をとって対峙した。

相馬は大上段に構えをとった。滝落しの構えである。対する源九郎は青眼に構え、剣尖を相馬の左拳につけた。

ふたりとも、先ほどと同じ構えだった。だが、ふたりの気魄と構えの威圧感がちがっていた。

相馬の高く取った刀が、かすかに震えていた。相馬は左の二の腕を斬られたことで、腕に力が入り過ぎているのだ。

対する源九郎の構えはくずれず、腰が据わり、隙がなかった。全身に斬撃の気が満ちている。

きくと恭之助も、源九郎が相馬に一太刀浴びせたのを見て、勇気づけられたのか、半歩ほど間合を狭め、いまにも斬り込んでいきそうな気配を見せていた。

源九郎と相馬は、青眼と大上段に構えたまま気魄で攻め合っていたが、源九郎が先《せん》をとった。

「いくぞ！」

源九郎が声をかけ、趾を這うように動かして、ジリジリと間合を狭め始めた。

対する相馬は、動かなかった。源九郎との間合を読み、斬撃の機を窺っているが、大上段にとった刀の切っ先が、かすかに震えていた。やはり傷を負った左腕に力が入り過ぎているのだ。

源九郎が斬撃の間境まで一歩に迫ったとき、ふいに相馬が仕掛けた。源九郎の威圧に押され、対峙していられなくなったのだ。

イヤアッ！

相馬が裂帛の気合を発し、一歩踏み込みざま真っ向から斬り下ろした。滝落しの一撃である。

咄嗟に、源九郎は右手に踏み込みざま、体を捻るようにして袈裟に斬り下ろした。

真っ向と袈裟——。

ふたりの刀身が合致し、青火が散って甲高い金属音がひびいた。次の瞬間、相馬の刀身が流れ、体がよろめいた。

源九郎は、相馬の滝落しを受け流したのだ。

相馬は力余って、よろめいた。

「恭之助、いまだ！」

源九郎が叫んだ。その声に弾かれたように、相馬の背後にいた恭之助が、

「父の敵！」

と、叫びざま斬り付けた。

ザクリ、と相馬の肩から背にかけて小袖が裂け、あらわになった肌に血の線がはしった。

「きく！　突け」

源九郎の声で、きくが体ごと当たるように踏み込み、

「父の敵！」

と叫び、手にした懐剣を相馬の脇腹に突き刺した。

グワッ、と相馬が呻《うめ》き声を上げて、身を仰け反らせた。相馬は何とか体をひねってきくに斬りつけようとしたが、刀を振り上げることもできなかった。

相馬ときくは、体を密着させたまま動きをとめた。

源九郎は、すぐにきくのそばに身を寄せた。相馬がきくに斬りつけようとしたら、相馬の首を斬り落すつもりだった。

だが、相馬は苦しげな呻き声を漏らしているだけで、動こうとしなかった。

いっときして、きくが懐剣を手にしたまま一歩身を引いた。すると、相馬は体の支えを失ったように前によろめき、足がとまると、腰から崩れるように転倒した。

きくは相馬のそばに立ち、血に染まった懐剣を手にしたまま身を顫わせてい

る。

源九郎はきくのそばに身を寄せ、

「父の敵を討ったな」

と、声をかけてやった。

すると、きくは源九郎の顔を見上げ、

「は、華町さまのお蔭です」

と、声を震わせて言った。そのとき、源九郎を見つめたきくの目に、縋《すが》るような色が浮いた。

源九郎はきくを抱き締めてやりたい衝動にかられたが、動かずに耐えた。

「きく、安川どのも草葉の陰で喜んでいるぞ」

源九郎はそう言っただけで、きくから一歩身を引いた。

そこへ、恭之助と安田、それにすこし離れた場所で固唾《かたず》を呑んで見ていた孫六たちが走り寄ってきた。

孫六たちは安堵《あんど》の色を浮かべ、きくと恭之助が、父の敵を討ったことを口々に褒めた。

いっときして、孫六たちの声が静まると、

「相馬をどうする」

と、安田が源九郎に声をかけた。

「ここは、庭だからな。このままでもかまわないが」

そう言って、源九郎は家の戸口に目をやった。板戸が、すこしあいていた。かすかに人影が見えた。相馬といっしょに座敷にいたおれんという女らしい。

「わしが、女に話してくる」

源九郎は、相馬を斬ったのは、仇討ちだったことを知らせておきたかったのだ。

源九郎はひとり戸口に近付いた。おれんは、板戸からすこし身を引いたようだが、座敷には上がらず、土間に立っているらしかった。

「おれんか」

源九郎が声をかけた。

おれんは、その場から動かなかった。息を殺して、土間に立っている。

「相馬を斬ったのは、仇討ちだ。……姉弟《きょうだい》が父の敵を討ったのだが、死人に罪はない。丁重に葬ってやるがいい」

そう言い置いて、源九郎は踵を返した。

源九郎の背後から、女のかすかな泣き声が聞こえてきた。源九郎は振り返らず、待っているきくと恭之助に歩み寄った。

五

源九郎が流し場の小桶に汲んだ水で顔を洗っていると、戸口に近付いてくる下駄の音がした。

……菅井だな。

源九郎は、その下駄の音に聞き覚えがあった。菅井が、源九郎の家に来るらしい。

下駄の音は、戸口の腰高障子の前でとまり、

「華町、いるか」

と、菅井の声が聞こえた。

「いるぞ」

源九郎は流し場から座敷にもどった。

腰高障子があき、菅井が飯櫃を抱えて入ってきた。

「おい、将棋をやるつもりか」

源九郎が、呆《あき》れたような顔をして訊いた。

今日は、晴天である。居合抜きの見世物に行けるだろう。

菅井は雨が降って生業《なりわい》にしている居合抜きの見世物がひらけないとき、握りめしの入った飯櫃と将棋の駒の入った木箱を持って、源九郎の部屋にやってくるのだ。めしを食いながら、将棋を指すためである。

「将棋ではない。今日は、きくと恭之助が帰る日ではないか。長屋を出るわけにはいくまい。それで、華町といっしょに、握りめしでも食いながら、待とうと思ったのだ」

そう言って、菅井は飯櫃を抱えたまま座敷に上がり込んだ。

「ありがたい。朝めしは、どうしようかと思っていたところだ」

源九郎は、水でも飲んで我慢するつもりだった。

源九郎はあらためて菅井の前に腰を下ろし、握りめしを手にして頬張り始めた。菅井も、握りめしを食べ始めたが、「湯はないのか」と訊いた。お茶を淹れて、欲しかったらしい。

「まだ、起きたばかりでな。湯は沸かしてないのだ。水でも飲んで我慢してくれ」

「どうせ、そんなことだろうと思っていたがな」

菅井は渋い顔をして握りめしを食べた。

ふたりが握りめしを食べ終え、流し場の水を飲んで一息付いたとき、腰高障子の向こうで足音がし、

「華町の旦那、おきくさんたち、長屋を出るようだよ」

と、お熊の声が聞こえた。

「行ってみよう」

すぐに、源九郎は立ち上がった。長屋を出るきくと恭之助を見送るつもりだった。

源九郎と菅井は、きくと恭之助の住んでいた家にむかった。

家の前には、長屋の女房連中、孫六、茂次、三太郎、平太、それに安田の姿もあった。孫六たちも、きくたちを見送りにきたらしい。

源九郎と菅井が近付くと、女房連中が身を引いて、戸口をあけてくれた。

源九郎が腰高障子をあけ、土間に入った。菅井と安田がつづいたが、孫六たちは戸口に残っている。何人も、土間に入れなかったからだ。

「華町さま！」

　座敷にいたきくが、声を上げた。

　きくと恭之助は帰り支度を終え、風呂敷包みを手にしていた。今日の荷物は、それだけらしい。大きな荷は、屋敷の奉公人にも手伝わせ、昨日のうちに運んであったのだ。

　きくはこれまでとちがって、娘らしい身装《みなり》だった。花柄の小袖に格子縞の帯、島田髷には簪《かんざし》が挿してある。

　きくは、土間の近くまで来ると、源九郎に顔をむけた。その顔に、別れを惜しむような表情が浮いた。

　……若いころの千代と、そっくりだ。

　と、源九郎は思ったが、笑みを浮かべただけである。

　きくのそばに恭之助も立ち、ふたりして源九郎や菅井たちにあらためて頭を下げた。そして、きくが、

「皆様の御恩は、忘れませぬ」

　と、涙声で言った。

　きくの顔には、浮いた表情はなかった。源九郎や安田にむけられた目には、親

兄弟に対するような色があった。

……きくは、わしのことを父親の安川と重ねていたのかもしれぬ。

源九郎は、そう思った。

きくと恭之助は、それぞれ風呂敷包みを手にして土間へ下りた。そして、戸口から出ると、長屋の住人たちにも頭を下げて礼を言った。

戸口を取り囲んだ女房連中から、「また、来ておくれよ」「みんな、待ってるからね」などという声が聞こえた。なかには、目頭を押さえている者もいる。

きくと恭之助は、源九郎や長屋の住人たちといっしょに路地木戸にむかった。

木戸の前で、きくと恭之助は足をとめ、源九郎や長屋の者たちに顔をむけ、

「みなさんには、色々お世話になりました。この御恩は忘れません」

きくがそう言って、恭之助とふたりで深々と頭を下げた。すると、また長屋の女房連中から、別れを惜しむ声やふたりを励ます声などが飛んだ。

きくと恭之助は路地木戸を出ると、振り返って頭を下げてから歩きだした。路地木戸の前にいた女房や子供たちは、通りまで出てふたりを見送ったが、源九郎と菅井はその場に残った。そして、きくと恭之助の姿が遠ざかると、

「華町、やるか」

菅井が声高に言った。

「何をやるのだ」

「将棋だよ。将棋」

「菅井、広小路に見世物の仕事に行かないのか。まだ、昼までには間がある。一稼ぎできるぞ」

源九郎が言った。

「おれは、きくと恭之助を見送ったら、将棋をやるつもりでいたのだ。めしは食ったし、日が沈むまでできるぞ」

「日が沈むまでだと……」

源九郎は、にぎり飯を食べた手前、無下に断れないと思った。

「さァ、やるぞ」

「仕方ない、今日は将棋をやって過ごすか」

源九郎は、菅井といっしょに長屋にむかって歩きだした。

本作品は、書き下ろしです。

双葉文庫

と-12-56

はぐれ長屋《ながや》の用心棒《ようじんぼう》

源九郎《げんくろう》仇討《あだう》ち始末《しまつ》

2019年4月14日　第1刷発行

【著者】
鳥羽亮《とばりょう》

【発行者】
箕浦克史
【発行所】
株式会社双葉社
〒162-8540 東京都新宿区東五軒町3番28号
［電話］03-5261-4818（営業）　03-5261-4833（編集）
www.futabasha.co.jp
（双葉社の書籍・コミックが買えます）
【印刷所】
株式会社新藤慶昌堂印刷
【製本所】
株式会社若林製本工場

【表紙・扉絵】南伸坊
【フォーマット・デザイン】日下潤一
【フォーマットデジタル印字】飯塚隆士

落丁・乱丁の場合は送料双葉社負担でお取り替えいたします。
「製作部」宛にお送りください。
ただし、古書店で購入したものについてはお取り替えできません。
［電話］03-5261-4822（製作部）

定価はカバーに表示してあります。

ISBN978-4-575-66940-4 C0193
Printed in Japan

鳥羽亮

華町源九郎江戸暦
はぐれ長屋の用心棒

長編時代小説
〈書き下ろし〉

気侭な長屋暮らしに降ってわいた五千石のお家騒動。鏡新明智流の遣い手ながら、老いを感じ始めた中年武士の矜持を描く。シリーズ第一弾。

鳥羽亮

はぐれ長屋の用心棒
袖返し

長編時代小説
〈書き下ろし〉

料理茶屋に遊んだ旗本が、若い女に起請文と艶書を掏られた。真相解明に乗り出した華町源九郎が闇に潜む敵を暴く!! シリーズ第二弾。

鳥羽亮

はぐれ長屋の用心棒
紋太夫の恋

長編時代小説
〈書き下ろし〉

田宮流居合の達人、菅井紋太夫を訪ねてきた子連れの女。三人の凶漢の魔手から母子を守るため、人情長屋の住人が大活躍。シリーズ第三弾。

鳥羽亮

はぐれ長屋の用心棒
子盗《こと》ろ

長編時代小説
〈書き下ろし〉

長屋の四つになる男の子が忽然と消えた。江戸では幼い子供達がいなくなる事件が続発。神隠しか、かどわかしか？ シリーズ第四弾。

鳥羽亮

はぐれ長屋の用心棒
深川袖しぐれ

長編時代小説
〈書き下ろし〉

幼馴染みの女がならず者に連れ去られた。下手人糾明に乗り出した源九郎たちの前に立ちはだかる、闇社会を牛耳る大悪党。シリーズ第五弾。

鳥羽亮

はぐれ長屋の用心棒
迷い鶴

長編時代小説
〈書き下ろし〉

源九郎は武士にかどわかされかけた娘を助けた。過去の記憶も名前も思い出せない娘を襲う玄宗流の凶刃！ シリーズ第六弾。

鳥羽亮

はぐれ長屋の用心棒
黒衣の刺客

長編時代小説
〈書き下ろし〉

源九郎が密かに思いを寄せているお吟に、妾にならないかと迫る男が現れた。そんな折、長屋に住む大工の房吉が殺される。シリーズ第七弾。

鳥羽亮

はぐれ長屋の用心棒
湯宿《ゆやど》の賊

長編時代小説〈書き下ろし〉

盗賊にさらわれた娘を救って欲しいと船宿の主が華町源九郎を訪ねてきた。箱根に向かった源九郎一行を襲う謎の刺客。好評シリーズ第八弾。

鳥羽亮

はぐれ長屋の用心棒
父子凧《おやこだこ》

長編時代小説〈書き下ろし〉

俊之介に栄進話が持ち上がり、喜びに包まれる華町家。そんな矢先、俊之介と上司の御納戸役が何者かに襲われる。好評シリーズ第九弾。

鳥羽亮

はぐれ長屋の用心棒
孫六の宝

長編時代小説〈書き下ろし〉

長い間子供の出来なかった娘のおみよが妊娠した。驚喜する孫六だが、おみよの亭主・又八が辻斬りに襲われる。好評シリーズ第十弾。

鳥羽亮

はぐれ長屋の用心棒
雛《ひな》の仇討ち

長編時代小説〈書き下ろし〉

両国広小路で菅井紋太夫に挑戦してきた子連れの武士。藩を二分する権力争いに巻き込まれて江戸へ出てきたらしい。好評シリーズ第十一弾。

鳥羽亮

はぐれ長屋の用心棒
瓜ふたつ

長編時代小説〈書き下ろし〉

奉公先の旗本の世継ぎ問題に巻き込まれ、浪人に身をやつした向田武左衛門がはぐれ長屋に越してきた。そんな折、大川端に御家人の死体が。

鳥羽亮

はぐれ長屋の用心棒
長屋あやうし

長編時代小説〈書き下ろし〉

はぐれ長屋に遊び人ふうの男二人と無頼牢人二人が越してきた。揉めごとを起こしてばかりいたその男たちは、住人たちを脅かし始めた。

鳥羽亮

はぐれ長屋の用心棒
おとら婆《ばあ》

長編時代小説〈書き下ろし〉

六年前、江戸の町を騒がせた凶悪な夜盗・赤熊一味。その残党がまた江戸に舞い戻り、押し込み強盗を働きはじめた。好評シリーズ第十四弾。